深夜12點的電臺奇蹟

午前0時のラジオ局

村山仁志—著
劉愛夌—譯

目錄

♠午夜十二點

據說，每當時間來到今天和明天的交界，
看不見的世界就會打開大門。
今晚，錄音室內那些不屬於這個世界的人，
也許會乘著廣播電波，穿過大氣，
到你家拜訪你喔。

〔第一話〕

洋房電臺

「我們公司的電臺真的好酷喔！」

鴨川優抬頭望著眼前的紅磚大洋房說。

這棟建於昭和初期（一九二〇～三〇年代）的洋房原是英國人開的銀行，後來才改建為廣播電臺。紅褐磚瓦配上灰白泥牆，呈現出摩登復古風格。常春藤從地面沿著紅磚一路延伸至二樓窗邊，綠葉映著春日和煦陽光。

「感覺再蓋個停車場就能開放觀光了……」

我們公司的電臺看起來真的很棒。

沒錯，「看起來」。

至於內部嘛……說實在話，優也不是很清楚。

「好冷！」

一陣冷風吹得優縮起脖子，他急忙拉緊外套。

三月都過一半了，山上因著海拔高，還是冷冽得很。空氣比山下市區來得清新，感覺有清鼻潤肺的效果。電臺旁的櫻樹含苞待放，還要再過一陣子才會開花。

優上班的地方電視臺是「廣播電視臺」，也就是電視臺兼營廣播電臺。廣播部因訊號設備等因素，設在離總部較遠的山丘上。優自新人培訓後就沒來過這裡，今天是因為接到調職令說四月開始改到廣播部上班，才特地過來打聲招呼。

「是說，廣播電臺啊……」

優自言自語說道。

在當上播報員之前，優和時下年輕人一樣不太聽廣播。

說到廣播，優只會想到老家的緊急逃生包裡有台收音機，以及高中前還在打棒球時，偶爾會在社辦聽棒球轉播的事。

不過，夏季大賽結束後優就不打棒球了，在那之後也不再聽棒球轉播。當初因為想當播報員而考進這家電視臺，後來才發現公司竟然有經營電臺，可見他跟廣播有多不熟……

播報員辦公室的電視隨時開著自家頻道，但收音機一般都關著。畢竟廣播節目是由廣播部製作，電臺又不在總部，大家的注意力自然都集中在電視上。

現今電臺節目多由在地藝人主持，唯一例外的只有已開播五年的午間綜合節目，目前由電臺專屬ＤＪ海野葵主持。

因此，播報員辦公室只會在幾個特定時間打開收音機——總部控制室放送的新聞和天氣預報時間，以及海野ＤＪ的午間綜合節目。

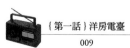

目前電臺在我們公司裡的地位比較像是獨立在外的媒體，又或是事不關己的別家公司……有些毒舌同事甚至直白地說，電臺根本就是「夕媒」——夕陽媒體。

「真懷念廣播的全盛時代啊……」

今早播音課課長把優叫進會議室，語重心長地說。

會議室裡的暖氣對身形圓潤的課長而言似乎有些過熱，他鬆開領帶繼續說：「我們那個年代的青春少不了廣播！我的高中時代是深夜廣播的全盛期……當然，我也是忠實聽眾之一，是個標準的『明信片咖』。每當絞盡腦汁寫的明信片在廣播節目裡被唸出來時，我都會在被窩裡雙手握拳喊YES！隔天一到學校，班上同學們都在討論我寫的明信片，但因為明信片用的是化名，除了我幾個好朋友外，沒有人知道那是我寫的。那種欣喜若狂、全身彷彿有電流在竄的興奮感……你懂嗎？鴨川。」

「不懂……」

看著上司沉醉的表情，優尷尬地搖搖頭。

「也是啦。」

課長露出一個苦笑。時代變了，像優這種生於平成時代的年輕人，怎麼可能了解昭和世代的感慨呢？相較於從前，別說廣播節目性質變了，就連收音機本身都進化不少。目前電臺不但經濟拮据，收聽率也正面臨嚴峻的考驗。

就這一點來看，這個人事異動真是耐人尋味——課長心想。

那位導播應該有什麼有趣的用意吧。

「鴨川，你四月份開始調去廣播部喔！」

「啥？」突然其來的一番話，讓優雙眼皮的眼睛睜得老大。

課長翻開和他碩大體態不太相稱的黑色小手冊說道：「就某方面來說，這可是破格提拔喔！你就和去年調過去的海野一起在電臺好好幹吧！今天下午一點去電臺打聲招呼，知道嗎？」

「可是小弟我……」

「該把『小弟』兩個字拿掉了吧。」

課長提醒道。不知道是不是尚未意識到已脫離學生身分，優常以「小弟」自稱。

「不好意思。可是我今天中午要值班播新聞耶……」

之所以說「值班」，是因為某些整點新聞、天氣預報、交通資訊等短節目沒有固定的播報員，臺裡的播報員必須依播音課課長每月制定的值班表輪番上陣。

「叫同事代班，聽到沒？」

「喔，好。」

「我還有會要開，詳情你就問廣播部那邊吧！」

說完，課長以迅雷不及掩耳的速度走出會議室，留下滿頭問號、一臉茫然的優。

電視臺裡的前輩們一聽到優即將要調職的消息，紛紛圍上前來「恫嚇」他。

「廣播沒有影像，播報技巧比電視難很多喔。」

說老實話，這些話聽歸聽，優卻連「哪裡難」、「需要什麼技巧」都不知道。

在前輩的起鬨聲中吃完午餐，優離開員工餐廳，坐上心愛的金屬綠廂型車，遵照課長指示離開位於市區的總部，開了一個小時的車來到山丘上的廣播部。

一路上，優聽著海野前輩的午間綜合節目。前輩的口齒清晰、口條流暢，無論是介紹聽眾來訊、訪問大牌演歌歌手、播報新聞，無一不是信手拈來，讓人「嘆為聽止」。老實說，這些對目前的優而言根本是不可能的任務。

雖然課長說這是「破格提拔」，但對一個至今連發音練習都還常被挑毛病的菜鳥播報員而言，真的有辦法主持廣播嗎？

佇立在眼前的厚重大門，彷彿在告訴優廣播界的門檻有多高。

優嘆了一口氣，隨意往腳邊石板地一瞥。

「咦？」

格狀鐵蓋下的水溝裡有一張人臉。

那是年約十來歲、閉著雙眸的西洋女孩，蒼白的臉龐上覆著金色的劉海，頸部以下埋在落葉之下，只露出藍色長袍的領子。

優急忙揉了揉眼睛，睜開眼時，腳邊的少女已不知去向。

仔細想想，水溝又淺又窄，還積滿了枯葉，根本沒有空間可以躲人。水溝蓋也被鎖得死死的，照理說無法輕易打開。

是我眼花了。

和煦的春陽灑進電臺門口，一對白蝴蝶舞動著翅膀，飛過窄溝上的格狀鐵蓋。

『聽說廣播電臺有阿飄喔。』

想到前輩說的訛傳，優不禁失笑出聲。

怎麼可能有那種東西！優既沒撞過鬼，連鬼壓床都沒有遇到過。不過沒碰過也是理所當然的，畢竟阿飄不過是膽小鬼「憑空想像的產物」罷了。

虛脫的優轉頭望向背後的市區，春霧縹緲的天空下是一片大樓群和悠悠港灣，柔和的景致令人心曠神怡，怎麼看都不像會鬧鬼的地方。

——我一定是太緊張，才會把枯葉看成女孩的臉。

自我安慰後，優伸手推開大門。堅固的木門相當沉重，不使點力根本推不開。推門的手感和開門發出的金屬摩擦聲，讓優感到這一切是如此的真實。

穿過厚重的大門，進到三樓高的洋房後，眼前是一片挑高的天花板。洋房內部裝潢充滿了昭和浪漫的復古風格，就連吊燈等日用擺設也不例外。

「您好！」

優拉開嗓門，很「菜鳥」地向門口警衛打招呼。

「我叫鴨川，四月開始在這裡工作，請多多指教！」

一臉親切的年邁警衛「喔」了一聲，向他頷首示意，隨後指著樓梯說：「請上樓，臺長和工作人員都在二樓喔。」

向警衛行禮致意後，優走上鋪有胭脂紅地毯的木製樓梯，木板隨著優的腳步吱嘎作響。沒開燈的樓梯間有些昏暗，斑駁脫落的白色牆壁上處處可見修補的痕跡，散發出老舊建築物特有的歷史感。然而，在這古色古香的洋房中，天花板和門框卻串接著許多五顏六色的電線和最新播送機器，形成一個奇異而混沌的空間。

二樓入口處有間房間，門口掛著一塊和古老洋房毫不相稱的塑膠牌，上面寫著「製作課會議室」。

門是開著的，房內雖昏暗，但隱約看得見有人坐在那裡。窗邊的遮光厚窗簾緊閉，卻沒有開燈，大概是為了節能減碳吧。

「喲！」

年輕人注意到優的到來，從木椅上一躍起身。

他和優一樣是普通身高，雙腿卻相當修長。身上的白襯衫和粉色背心和他非常相稱，年齡應該介於二十五到三十歲。

「你是播報員鴨川優，對吧？歡迎加入廣播部。」

明亮的褐色瞳孔，稍長的微鬈髮，活脫脫就是從少女漫畫走出來的花美男。優想起新人培訓時曾在唱片儲藏室見過他，雖然只是遠遠看一眼，卻對他那不輸明星的俊美臉龐印象深刻。

「小弟是導播蓮池陽一，多多指教囉！」

令人安心的嗓音、優雅的微笑，雖說優常因自稱「小弟」被課長唸，但眉清目秀的陽一卻格外適合「小弟」二字。

「……你怎麼了？」

「嗯……啊！」

發現自己看男人看到入迷，優連忙鞠躬。

「請、請多多指教！我是四月份要調到廣播部的鴨川優！」

這句話簡直是用喊出來的，優不禁臉頰發熱。

「我知道。你真是活力四射呢！」

陽一掩口笑了起來，眼神一垂，露出長長的睫毛。

「我聽說過你的事喔，你高中打棒球對吧？」

這句話讓優表情瞬間凍結。

自高中畢業後，優就沒有向任何人提過棒球的事。沒想到都已經遠走他鄉加入這間電視臺，自以為能逃離過去時，竟然會有人向他提起棒球的事……

陽一似乎沒有察覺到優的表情變化，笑盈盈地繼續說道：「我覺得，你外表成熟穩重，但內心應該很熱血澎湃。畢竟是運動社團的人，骨子裡的力量藏也藏不住。我能感受到你身上流瀉出的，喔不，應該說是爆發出的活力。」

陽一指向天花板。

「如今天空掛著春陽對吧？雖然現在陽光還很微弱，但之後到了夏天，地面就會充滿溫暖能量。人的活力和太陽能量是一樣的，能夠乘著電波，溫暖聽眾的心房。」

「喔……」

「其實啊，」陽一伸出食指，衝著一臉僵硬的優微微一笑。「是我拜託臺長把你調過來的喔，我們廣播就需要你這種精力充沛的人才。」

美男子露出惡作劇般的笑容。

「拜託臺長？」

優睜大了雙眼。

「雖說我們公司是電視臺兼營電臺，但我覺得你那高亢有力的聲音、骨子裡隱藏的熱情，實在太適合主持廣播節目了！哎呀，真的很謝謝你加入我們。」

「呃，沒有啦……也沒你說得那麼好啦……」

不習慣被讚美的優顯得有些不知所措，自他進公司以來，還是第一次被捧得這麼高。

「臺長和播音課課長是同梯進公司的，所以很好說話。當然，播音課課長也非常贊成這個人事異動。」

「是、是喔。」

「是啊。我以後可以直接叫你優嗎？」

陽一為人似乎率直又親切。

「可……可以。」

「謝謝你，優。」

陽一向優眨了眨左眼。人帥真好，這些做作的行為若是別人做只會惹人厭，但換了陽一這種彷彿不食人間煙火的花美男，就是怎麼看怎麼討喜。

「我相信，能夠重拾年輕人對廣播的興趣的人應該就只有你了，希望你能加油。」

「是！」

陽一活潑俏皮的個性讓人倍感魅力，才剛見面不久，優的心就已被陽一牢牢擄獲。「他一定有很多朋友吧」，對有些內向的優而言，眼前的前輩是如此光彩奪目，令人無法移開視線。

「對了，優，你想當什麼樣的播報員啊？」

「呃……」

面對突如其來的問題，優有些驚慌失措，不知道該怎麼回答。

「你為什麼會考播報員？」

「呃，因為……」

陽一看著欲言又止的優一陣後，靜靜開口說道：「不知道嗎？沒關係，不用勉強自己回答。這不是在面試，不需要冠冕堂皇的答案。你可以仔細思考這個問題，找到答案後再告訴我。我希望以後能和你多真心交流，好嗎？」

「……好。」

「ＯＫ！」

王子般的花美男露出一口貝齒。

「總之，你我一起加油吧！對廣播有任何問題都可以問我，好歹我在廣播界也打滾三十年囉！」

——三十年？

他是把自己當聽眾的時候也算進去了嗎？不，這樣算也不對啊！眼前這個彷彿從少女漫畫走出來的花美男，怎麼看都不到三十歲。

「對了，優，你是晨型人還是夜貓子？」
「嗯……小弟，喔不，我比較習慣在白天活動……」
「是喔，我可是極端的夜貓子喔。」
花美男微微一笑。
「不知道是體質還是天性使然，我就是不喜歡白天。月光再怎麼明亮也不及太陽炫目，所以白晝只能見到淡淡白白的月亮，你聽過『晝行燈』[1]嗎？我就是晝行燈，一碰到陽光就沒轍。」
「喔……」
「那就今天半夜見囉。」
陽一向一臉疑惑的優眨眼示意後，便從門口離開了。
「請問，今天半夜是什麼意……」
優急忙追了出去，然而走廊上卻沒有陽一的蹤影。
「奇怪？」
「喂，你怎麼了？」
「哇啊啊啊啊?!」
優被突如其來的聲音嚇得放聲大叫，尖銳的聲音傳遍了整條走廊。
「吵死人了！」

後腦勺被人用力打了一下，優往後一看，發現門的陰影處站了一個手拿拖鞋的彪形大漢。

「……臺、臺長……」

那人是廣播部的創業元老，以能幹著稱的電臺臺長。

「有些錄音室還在現場直播跟錄音，雖然有隔音設備，在臺內你還是給我保持安靜！」

臺長比著「噓」的手勢，板起面孔說道，微鬈的長髮散發出雄獅般的野性。他年齡雖已超過四十五歲，但人高馬大、體格健美，讓人聯想到古希臘的雕像。

「可、可是……」

「可可是？我還可可亞咧！」

媽呀這是什麼冷笑話，優心想。但對一個進公司不到兩年的底層員工而言，怎麼可能嗆臺長。

「……說吧，發生什麼事了？」

臺長用他那低沉沙啞的聲音問道。

1. 晝行燈：意思是白天的燈火，暗喻沒用的人。

「咦……沒什麼，我剛在和蓮池導播說話……」
「已經見到了啊。」
臺長瞇起眼睛呢喃低語。
「什麼？」
「你見到蓮池導播了？」
因臺長銳利的眼神而備感壓力的優回答道。
「見、見到了……他長得超帥的。」
「你們聊了什麼？」
「嗯……他說他已經在廣播界打滾了三十年，然後還說，是他推薦我調到廣播部的……」
「原來如此。」
臺長露出耐人尋味的表情。
「鴨川你聽好了，那位蓮池陽一是新節目的導播，也就是你的責任導播。另外，蓮池導播習慣自己混音，所以身兼導播和混音師二職。你們就兩人三腳好好加油吧！就這樣。」
「請、請等一下！」
見臺長轉身就要走，優急忙叫住他。

「責任導播？不好意思，可以再說清楚點嗎？」

「他啊，要怎麼說呢？算是幽靈員工吧，總是神出鬼沒的。」

臺長諷刺意味深重地呢喃道。

「啊？」

「然後，你主持的節目是，」臺長對優的滿臉問號視若無睹，繼續說道：「週一到週五的帶狀深夜綜合節目，開播時間是午夜十二點。」

「帶狀深夜節目？之前完全沒人跟我說耶。」

優嚇到眼睛差點失焦，雖說是深夜時段，但要他主持帶狀綜合節目未免也太強人所難了吧……

「是喔？你應該沒問題吧。」臺長一臉無所謂。「反正你應該是夜貓子吧？正好配合你的生活步調。」

「不，其實我很不擅長熬夜……」

優是個超級晨型人，不僅早起，還一到晚上九點就昏昏欲睡。對他而言，午夜十二點根本就是三更半夜。

聽到優這麼說，雄獅般的臺長歪頭道：「喔，像你這種年輕人現在已經很少了。沒關係，你就從今晚開始練習熬夜吧！」

「今晚開始？」

「播音課課長沒跟你說嗎？我已經和他說好了。」

「什麼？他只說詳情叫我問廣播部。」

「那傢伙還是這麼隨興啊，從以前就這樣，一點都沒變。」

臺長蹙眉露出不悅之色。據說他們兩人是同期進公司的，播音課課長的個性與其說是「隨興」，倒不如說是「過於大膽直白」，這可是播音課全體公認的。

「今晚十二點要進行新節目《午夜☆廣播站》的助理徵選，蓮池導播建議把時間安排在半夜，我想這樣也好，可以配合節目開錄時間，所以就批准了。就這樣。」

臺長轉身就走，以迅雷不及掩耳的速度下樓梯離開，留下傻在原地的優。

半夜——凌晨三點。

優作了一個夢。

一個從高中時代就反覆作的惡夢。

他在棒球場上追球。

盛夏的陽光刺眼奪目，汗水混著砂土流進口中。
在嘆息和辱罵交錯的球場上，優不斷地追。
追著那顆絕對接不到的球。
他能做的只有不停地跑，永無止境地向前跑……

「鴨川。」
「鴨川？」
「鴨川！」
「喂！死鴨川！」
「有、有！對不起！」
被前輩ＤＪ的聲音驚醒，優從椅子上掉下來，一屁股跌坐在地上。
「好痛……」
「真是個笨蛋。還好嗎？有沒有受傷？」

海野葵捂嘴竊笑。

「我……我沒事……」

看來優工作到一半在桌上睡著了。

「我在你睡覺的時候把事情都做完了，你欠葵姐我一個人情！」

現在位於二樓的製作課會議室，在戰前是銀行會議室，現在傳來清脆明亮的人聲。

「對、對不起……」

「騙你的啦！其實你才睡了五分鐘。話說回來，你真的好不擅長熬夜喔。」葵吐舌笑了笑。

晨型的優早已意識朦朧，海野葵卻是精神抖擻，彷彿不知疲累為何物。身材高挑的海野葵穿著一席水藍色的褲型套裝，全身散發出等會就要外出採訪的活力。

就在剛才，優主持的春季新節目《午夜☆廣播站》的助理徵選正式落幕，六名女性參加者也各自搭上計程車回家。

都已經是這個時間了，會議室高雅華貴的窗戶外，除了一盞路燈孤單地發亮，幾乎不見燈火。剛送參選者出門口時，還可見到天空無數繁星閃耀。

「我很喜歡徵選會。你不覺得看著那些參加者，心裡也會跟著熱血起來嗎？雖然我跟這個節目沒關係，但很慶幸自己有來幫忙。」

相較於葵的精力充沛，優顯得非常無精打采。一方面是因為睡眠不足，一方面是因為優本身也是新人，不小心對那些參加者產生了移情作用，所以精疲力盡。

「鴨川，你為什麼會考播報員？」

「啊?!」

優不禁驚呼出聲，轉頭看向葵。

「你嚇死我了！為什麼那麼驚訝？」

「不好意思，」優低頭道歉，「因為蓮池導播下午也問了我同樣的問題。」

「的確很像陽陽會問的問題，他可是用生命在做廣播喔。」

「是啊，他說他已經在廣播界打滾三十年了。」

「對對對，那是他的口頭禪！」葵拍手大笑，「然後呢？你怎麼回答他？」

「下午我一時答不出來……後來仔細想想，我會當上播報員，純粹是因為崇拜吧。」

「崇拜？」

「對。畢業前準備找工作時，我問自己想找什麼樣的工作……突然想到，小時候很崇拜一位常轉播棒球的知名播報員。」

「轉播棒球？你喜歡棒球啊？」

「……嗯，算是吧。應該說是以前喜歡啦……」

優低著頭，暗自祈禱葵不要再追問下去。一直以來他都刻意閃避棒球的話題，這次卻莫名其妙地自己提起了。

「我討厭棒球。」

「咦？」

「我・恨・死・棒・球・了。」

優被葵強烈的語氣嚇得抬起頭，一抬頭就看到葵靠過來的近臉，睫毛可真長。

「哼哼，你嚇到了？」

「是、是啊。」

「以前啊……」

身材高䠷的葵將臉移開，雙手十指交握，悠悠地往上伸了個懶腰。

「一個我很喜歡的人也打棒球，我跟棒球最後他選了後者，所以我才討厭棒球。」

葵說話的同時憋了一個哈欠，她眼角的淚光不知道是哈欠造成的生理現象，還是……

「好久沒有這樣跟人聊天了，雖然我們才第一次見面。」

「是、是啊。」

「一定是時間惹的禍吧，深夜的魔法。」

「魔法？」

「跟你說喔……深夜時段有一股神奇的力量，能讓平常隱藏在人內心深處的東西悄悄探出頭來。我想，你的新節目一定會收到許多聽眾最真實、最純粹的想法，有戀慕、夢想和希望，相反地，也會有錯綜複雜的慾望、悲傷和悔恨。」

「是喔……我有聽說過不同時段的節目風格完全不同，原來是這麼一回事。」

「沒錯！深夜最能收到聽眾真實的心聲，是很值得做廣播的時段喔！你好好加油吧！」

這下完蛋了。優心想。

如果聽眾真的跟我們節目交心，我就不能用「菜鳥」當作緊張的藉口，又或是隨便含糊帶過了。雖然毫無頭緒，但只要「用心」應該就沒問題了吧——優這麼安慰自己。

「不過，深夜時段對早睡早起的你而言應該很痛苦吧。」

葵笑得不懷好意。真不知道她是在鼓勵人還是捉弄人，這個前輩……該說她神秘嗎？總之跟她相處真的大意不得。

「然後呢？」葵打了個小哈欠問道。

「什麼然後……」

「剛剛的話題啊。你說你以前很崇拜播報員，然後呢？」

「喔喔……對，話還沒說完呢。」

無論如何，只要不繼續聊棒球就好。優伸了個懶腰，重振精神繼續說：「還有一個原因。我上大學後一直靠自己打工賺生活費，完全沒時間參加社團或課堂討論之類的活動。所以，好不容易出社會，我想要找一份可以體驗各種事物的工作。」

「沒想到你以前過得滿辛苦的嘛！然後呢？輕輕鬆鬆就考上了？」

「這該怎麼說呢……」

下定決心報考播報員後，優才發現這領域是僧多粥少。許多學生為了擠進播音界的窄門，從南考到北，全國「考」透透。而且，大多數考生都做好萬全的準備，志在必得，像優這種因為「崇拜」而考的人根本少之又少。

就結果而言，優的確當上了播報員……雖然只是地方電視臺，難度沒那麼高，但優還是覺得，自己相貌平平、才華一般，又沒受過播報的專業訓練，能考上全是因為「好狗運」。

「我曾問過課長為什麼錄取我。」

「真假？你好敢問喔，然後呢？課長怎麼說？」

葵有些傻眼。

「他的表情有點複雜。」

當時課長坐在辦公桌前，一手靠在桌上，一手拿著圓扇搧臉。

「鴨川，你這個問題讓我很為難耶……你筆試成績不錯，但術科分數不高，大學時代既不是社團風雲人物，沒什麼過人之處，又不是我們當地人，就媒體界而言性格又太過內向。」

課長的話和優的分析如出一轍。

「不過，你的聲音洪亮，聲線很適合麥克風，加以訓練後應該會是個可用之才。另外一個主要原因，是因為你的個性很認真，也就是人品因素。」

「咦？人品？」
因為人品而錄取播報員？居然有這樣的事？
「很多想當播報員的人個性都太過自我，驕傲自負。所以我想，偶爾錄取你這種傻乎乎的傢伙似乎也不錯。」
說著說著課長忍不住笑出聲，趕緊用圓扇遮住嘴。不管怎麼說，至少課長很誠實。
託課長的福，優進公司後，在前輩的指導下密集練習發音、唸稿、播報新聞……然而卻不如想像中的順利，沒什麼太大的進步。
優的「苦水」聽得葵哈哈大笑。
「哎唷，你振作一點好不好！『努力』是脫離菜鳥的不二法門啊！」
葵卸下綁著長馬尾的髮圈。這個不經意的動作對優而言可是性感至極的誘惑，逗得他心中小鹿亂撞，只能別開眼睛、轉移注意力。
「大家都很看好你的深夜節目喔。我的午間節目到四月也要邁向第二個年頭了，我會努力加油，絕不會輸給你！」
「拜託，我怎麼可能贏得過前輩妳。」
「笨～蛋。那當然。」
葵是播音課的「課花」。去年調到廣播部後，憑著自然不做作的大姐頭個性，以及想說什麼就說什麼的辛辣談話風格而廣受聽眾歡迎。短短一年就一躍成為電臺的當家人氣花旦。

廣播部共有二十名左右的員工，除了葵和優隸屬的廣播製作課之外，還有編組業務課、技術課、營業課、總務課等組織。但優上的是大夜班，大概很難見到其他同事。

「啊對了，鴨川，你算過計程車券的張數了嗎？」

「還沒耶，我馬上算。咦？奇怪，多一張耶……」

優歪著頭，看著信封內說道。

「搞錯張數可是會被臺長唸的喔。經濟不景氣，臺長拚了命在節省經費。」

「什麼！真、真的假的?!」

優大驚，急忙把車券從信封中倒出來。

「你真的很笨耶。」

見優臉色發青，葵拍了一下他的後背。身材高䠷的葵手勁真不小，一掌打得優隱隱作痛。

「不是有一個人沒來徵選會嗎？七號啊！這張是她的啦。」

「啊！對吼！是她。」

今晚電臺請七位通過書面審查的參加者來參加術科測驗，其中有一個人逾時未報到。據說這種情形很常見，不過優還是覺得，好不容易通過書面審查，卻在正式徵選會時缺席棄權，真的很可惜。

「真拿你沒辦法，你是還在作夢嗎？這張車券明天拿去還總務課，可別忘了喔！」

「是！」

「喲，突然這麼有精神。你就這麼怕臺長？」

「嗯，還好啦。」

優有些不好意思地搔了搔頭，他最不擅長應付臺長這種人高馬大、魄力逼人的人了。如果真的出包，肯定逃不過被臺長兇一頓。

「不用擔心，臺長只是長得很恐怖，實際上卻是個面惡心善的濫好人喔。」

優心想，那是因為妳個性豪爽，跟誰都處得來的關係吧。葵不但個性好，連酒量也好，她的別名「酒豪海野」在公司可是無人不知、無人不曉。

「那我們也下班吧！」說完，精神抖擻的葵起身準備離開。

這時一個笑盈盈的帥哥出現在門外。

「今晚辛苦兩位了！」
那聲音的活力、爽朗程度絕不亞於葵。
「陽陽，辛苦了！」
「妳要回去了？」
「嗯，謝謝你讓我幫忙徵選會，好好玩喔。」
「我才要謝謝妳呢，果然還是小葵能幹，幫了我一個大忙……啊，優你先不要走，抱歉，我知道你已經很累了，但我要跟你商量剛剛徵選會的事。」
「喔，那我先走囉，辛苦了。」
「小葵，回家路上小心喔。」
「別擔心，我搭計程車回去。」
言行坦率的葵穿上白色外套後便迅速走出門外。陽一緊接著進來，站在優身旁。
「小葵人很好對吧？她很受聽眾歡迎喔。其實啊，她也是我拉進廣播部的。」
看著優驚訝的表情，陽一笑著對他點點頭。
「我的直覺非常準，絕不會看錯人。這種能力該怎麼說呢，有點像通靈。」

「？」

這個人還真難懂——優心想。

「適不適合主持廣播，我看一眼就知道。葵就是最好的例子。」

「好厲害喔。」

「別這麼說。我拍胸脯保證，你將來一定也能成為超人氣ＤＪ。」

陽一的話讓優有些半信半疑。若能成真當然是好，但對此時此刻的優而言，陽一所說的一切卻是如此縹緲而遙不可及。

「優，跟我去一下樓上的一號錄音室。」

「好。」

一晃眼，陽一早已不見蹤影。

一號錄音室是今晚的徵選會場，也是臺內規模最大的錄音室，面積佔了三樓的一半。優揉著快被睡意壓垮的眼皮，一步一步爬上老舊的階梯。吊式日光燈的微弱燈光照耀著優，在胭脂紅地毯上拉出一道長長的身影。

雨滴將樓梯間的窗戶打得滴答作響，遠方還看得見閃電光芒。不久前還星空晴朗，不知何時竟下起了這樣的狂風暴雨，「春天後母心」這句話果然不假。

此時此刻在這棟古老洋房中就只有我、蓮池導播和大夜班的守衛大哥。仔細想想，雷電交加的雨夜，不就是恐怖片裡最常出現的情節嗎？

到三樓走廊後，優發現一號錄音室裡有人——一個戴著黑框眼鏡、留著鮑伯髮型的女孩坐在麥克風前。

「奇怪……」

照理來說所有人都已經下班了，而且這個女孩看起來很陌生。

「啊！」

發現優正看著自己，女孩連忙站起來向優深深一鞠躬。彎腰的那一瞬間掉了帽子，正要撿起時又掉了圍巾和眼鏡。長劉海遮住了她的眼睛，優只看得到女孩脹紅的雙頰。

看女孩在地上摸了半天找不著眼鏡，優走進錄音室幫她撿起。從鏡片的厚度來看，她應該是個大近視。

「來，給妳。」

「不不不不好意思！」

這聲音真如黃鶯出谷般美妙，優心想。

女孩聲線高亢、清脆悅耳，且膚白如雪、個子嬌小，目測應該只有一百四十公分。

「妳是？」

「人、人家……不、不是，我是七號參加者山野佳澄！」

女孩似乎非常緊張，說話時身體僵直、動也不動。

「七號？山野佳澄？奇怪了，我記得七號今天沒來啊……」

「我有來！」

女孩的語氣帶著些許強硬。

「但是……妳跟照片長得不太像耶……」

七號的照片是一位長髮大眼的少女，和眼前這個西瓜妹判若兩人。

「那、那是因為，」透過女孩厚厚的鏡片，優能看見她動搖不安的雙眼。「因為我、我沒有照片……而、而且，如果用我的照片報名的話，一定會在書面審查就被、被刷掉……所以……我才會用朋友的照片代替……」

優注意到女孩緊握的雙手已毫無血色。

「對、對不起！我知道這樣做不好，但我無論如何都想來這裡！」

優嘆了口氣。雖然眼前的女孩盜用他人照片的行為非常不可取，但見她態度如此堅決，令優無法丟下她不管。

「妳為什麼這麼想參加徵選會？」

「呃，因、因為……我、我是海野葵ＤＪ的忠實粉絲。我、我想說，參加徵選會就能見到她本人……」

「原來如此。」

這樣一切都說得通了。海野ＤＪ個性豪爽剛強，又充滿男子氣概，因此擁有大批女性粉絲。

「可是海野剛才已經回家了耶。」

「沒沒沒沒關係！」她用盡全力點頭。

「如、如果真的見到她本人，我一定會緊張到死掉……所以我才一直躲著不出來……」

——這女孩可真有趣。

優忍不住笑了出來，同時想到放在樓下桌上的計程車券。

「不過……徵選會已經結束了耶。」

「沒關係。」

她低頭說。

「我的個性超級害羞又內向……一開始就不抱任何希望……」

女孩的雙手依然握得緊緊的。像這樣和優聊天對她而言已是「搏命」，怎麼可能當得了DJ呢。

然而，她努力說話的模樣讓優對她產生了好感。

「妳幾歲？」

「咦？那個，呃……十、十八歲！」

女孩不知為何猶豫了一下才回答。

「真的嗎？可真年輕……奇怪？妳該不會還在唸高中吧？」

「那個，嗯……我沒有上高中，現在每天早上在麵包工廠打工……」

「真的假的！」

優驚訝的反應讓少女嬌小的身軀更僵硬了。

「不、不好意思，電臺DJ應該都有大學文憑吧？」

「沒那回事。」

優急忙揮手否認。

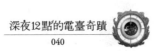

「今晚的徵選一律不看學歷。我會這麼驚訝，是因為佩服妳小小年紀就這麼獨立。」

「……佩服我？」

「我雖然今年已經二十三歲了，但感覺就像個長不大的孩子，一天到晚被公司裡的人罵。我十八歲的時候就是個標準的小屁孩，往事不堪回首。」

優說得字字懇切。

「雖說這次徵選會結束了……但假設妳真的當上ＤＪ，妳想成為什麼樣的ＤＪ？」

「我、我……這麼內向，怎麼可能當得上ＤＪ……」

「好可惜喔，妳的聲音很可愛的說。」

這不是場面話，而是優發自內心的讚嘆。

「你過獎了！」

女孩的臉更紅了。

「我的聲音一點都不可愛！而且我不太擅長和人聊天……所以寧可一大早起床，也要在不需要說話的麵包工廠工作……」

女孩用力「擠」出這一大段話後，全身虛脫似的跌坐在椅子上。

「我是山間村落的孩子，從小就很怕生。但我覺得自己不能一直這樣下去……所以就鼓起勇氣到都市闖蕩……說是都市，結果也只來到這座城鎮……」

「我越來越佩服妳了。」

優聽得目瞪口呆。

「所以妳現在是一個人住嗎？」

「嗯……對。」

「真的啊？什麼時候開始的？」

女孩抬眼想了一下回答：「國中畢業後就搬出來了。」

「真的嗎?!」

優打從心底佩服眼前這個女孩，她個頭小，膽子也小，但居然國中畢業就一個人出來闖蕩社會。果真人不可貌相！

「妳為什麼會到麵包工廠工作啊？因為喜歡吃麵包嗎？」

小個子女孩輕輕點了點頭。

「我很喜歡麵包軟綿綿的觸感跟柔和的香氣，也一直很憧憬在可愛的麵包店工作。何況，我們山上連間麵包店都沒有。」

女孩說話時的雙眸閃閃發光，優被她的臉龐深深吸引。

「其實一開始我不是在工廠工作，而是在麵包店站櫃臺，但每次客人跟我說話我就全身僵硬、不知所措……最後公司只好把我調到不用面對客人的工廠……」

優能想像那幅畫面。說得也是，像她這麼容易臉紅的女孩，在服務業應該很難生存吧。

「不過，我並不討厭在工廠工作。我喜歡想像自己做的麵包會被什麼樣的客人買去吃……」

「想像？比如說呢？」

優看著她隱藏在鏡片後方的雙眼問。

「比如說，是一家人一起吃呢？還是自己獨享呢？會不會是像我這樣的膽小鬼呢？希望我的麵包可以帶給他們活力……之類的。想像這些事情讓我非常快樂。」

女孩沉浸在自己的世界中，卻又在不小心和優對上眼後，急忙地低下頭。

「然、然後，有一天下班，我從收音機聽到葵小姐充滿活力的聲音，那聲音給了我很大的勇氣……然、然後，呃，嗯，我、我就覺得……」

見女孩又變回原本結結巴巴的說話方式，優感到有些愧疚。他蹲在女孩身邊問：「妳聽到海野ＤＪ的節目，覺得什麼？」

「就、就是……我、我想要變得像她一樣健談！」

這句話說得既大聲又清楚。

「我、我很怕寂寞，又很膽小，所以很能理解同類的心情……我想為他們帶來勇氣，和、和他們當朋友。透過廣播，一定能幫我完成這個心願！」

「我覺得妳好厲害喔……」

「……咦？」

「像我啊，只是因為崇拜某些播報員，再加上好狗運才僥倖當上播報員的……今天一位前輩問我將來想當什麼樣的播報員時，我還不知道怎麼回答呢。說老實話，在從事這份工作以前我幾乎不聽廣播的……但聽完妳的這番話，我居然開始佩服起廣播了。我覺得能讓我產生這種想法的妳很厲害。」

「你過獎了，我根本沒那麼厲害。」

「可是妳有理想不是嗎？」

「理想？」

「該怎麼說呢？嗯……妳心中有一個理想的自己對吧？」

「理想的自己？」

「對，像我就沒有。」

山野佳澄無視一旁對她佩服得五體投地的優，自顧自地嘆了口氣。

「但是……我應該沒辦法當上ＤＪ。我偷聽了今天的徵選會，大家都好厲害喔，既有自信又成熟，跟我這種幼稚鬼完全是兩個世界的人……我根本就不是他們的對手……」

也許是因為沮喪，女孩的頭越說越低，最後抖著肩膀哭了起來。優不知該如何安慰這樣的她。

『……兩位……』

錄音室裡的擴音器傳來陽一的聲音，打破兩人之間的尷尬。一旁雙層窗隔出的控制室中，陽一一手向他們招手，另一手按著混音桌上的對講機按鈕。

『對不起打斷你們說話，你們兩個都過來。』

等兩人進到控制室後，陽一拿起原子筆在紙上極速揮舞。

「剛才氣象局發佈了突發性豪雨特報。一座發電廠在暴雨之中遭雷擊中，造成大停電。目前八峰村的對外道路發生土石坍方，幾百戶人家與外失聯，形同孤島。」

「八峰村？」

「聽名字就知道這是一座山區村落……一下豪雨山區首當其衝，停電、坍方的救援修復工作都非常困難。來吧，現在是廣播派上用場的時候了。」

「廣播派上用場的時候……」
「沒錯。」
陽一自豪地點點頭。
「之後隨時會有快報進來。優，由你來唸稿。稿子我現在寫給你。」
「我？」
緊張讓優瞬間表情僵硬。無論是電視還是廣播，他都沒有任何播快報的經驗。快報講求瞬間爆發力和正確性，這意味著播報人員必須承受龐大的壓力，像優這種菜鳥根本應付不來。
「還有妳！」
「啊，有……」
「妳不回家沒關係嗎？」
「呃……嗯、對、沒、沒關係。」
「那妳能幫我彙整資訊嗎？」
「可、可以！」
「快！把那邊的白板拿過來，我唸什麼妳寫什麼。資訊來源項目分為氣象局和縣警局、高速公路和一般道路，鐵路又分為ＪＲ和……」
陽一邊寫稿邊發號明確的指令，佳澄則急忙跑去搬白板。

報導災情時，為確保工作人員之間共有資訊，必須隨時用水性筆將最新訊息寫在白板上，並將下方的舊訊息擦掉——這是已延續幾十年的鐵則。

雖然現在已進入數位時代，但要說哪一種工具能讓全體人員一目了然，既不用電又能徒手簡單操作，非「白板」莫屬。

「優！這份稿給你，你進錄音室看著照唸。」

「是！」

這下事情大條了——優心想。他回到錄音室內，坐在剛才山野佳澄坐的桌子前。

『戴上耳機。』

優急忙依對講系統傳來的指令戴上耳機。

『我們電臺現正播放東京發訊的現場節目，等一下開始播歌後，我會強制插播，將歌曲音量調低，到時你就開始唸稿……喔，主持人快說完話了，他一說完你就唸，知道嗎？』

「咦？已、已經要開始了？可是我還沒順稿耶……」

『冷靜點，沒事的，看我的手勢。』

陽一舉起右手，做出「預備」的姿勢。

優面前的麥克風是開著的，播放器傳來年輕搞笑團體介紹日文歌名的聲音。就在歌曲進入前奏的同時，一號錄音室馬上強制插播，將音樂聲量調到最小。

陽一放下右手，示意優可以開始說話。

「為……為您插播一則新聞快報。氣象局適才發佈了全縣豪雨特報，災情方面，目前八……八峰村每小時累積雨量高達一百毫米，造成道路坍方，無法對外聯絡。另外，因發電廠遭閃電擊中，造成八峰村等地的大範圍停電。據氣象局指出，豪雨已過高峰期，目前有減弱的趨勢，請民眾務必保持冷靜。啊，本臺將隨時為您插播最新消息……」

優關掉麥克風，深深嘆了一口氣。雖然沒有順過的稿子唸起來有些結巴，但無論如何還是唸完了。陽一不知什麼時候幫優手邊的碼表按下了計時鍵，上頭顯示四十五秒。

基本上，插播快報的人一定要在歌曲播放期間唸完稿，若沒控制好秒數而佔用到談話或廣告時間，將牽扯到贊助商的賠償問題。電臺目前正播出的《東京高湯》是直播節目，不確定何時會突然結束播歌，因此更要繃緊神經。基於以上原因，通常是由資深人員承擔插播快報的重責大任。

『辛苦了。你滿冷靜的嘛！』

聽到陽一這麼說，優放下心中大石。隔音窗的另一頭，戴著黑框眼鏡的山野佳澄站在陽一身旁，正埋頭將手上的紙條內容抄寫在白板上。人真的不可貌相，她寫得一手工整易讀的成熟好字。

在那之後，優每十分鐘便插播一次災情特報，內容包括雨勢、避難、停電、交通等多方資訊，但在陽一明確的指令下，播報一路順利無阻，沒有出任何狀況。

兩小時後恢復供電，氣象局順勢解除了豪雨特報，快報也就此告一段落。

『優，來控制室一下。』

進入控制室後，只見陽一指著混音座上的電腦螢幕。

「你看。」

「啊……」

螢幕上顯示多封聽眾來訊，都是感謝電臺報導災情的感謝信，且數量不斷增加。

「反應好熱烈喔。」

「優，你唸最新的一封來聽聽。」

「喔，好。嗯……因為停電無法看電視，我打開久違的收音機……」

——停電無法收看電視！

優看傻了眼。

——仔細想想，用電視傳播災情是很方便，但最需要幫助的災區卻很有可能無法收看電視……

這時一陣尖銳的電話聲響起，把山野佳澄嚇得差點跳起來。電話上的紅色內線燈號不停閃爍，直到佳澄身旁的陽一拿起話筒。

「一號錄音室你好。警衛大哥？辛苦了！什麼？喔……好。好，麻煩您轉接過來。您好，我是節目導播，敝姓蓮池。不不不，請您別那麼說，您太客氣了……真的嗎？那真是太好了……好，我知道了，我請他過來聽。」

陽一將話筒遞給優。

「八峰村村長有事找你。」

「什、什麼?!」

——村長?!

「呃，那個，您好，敝姓鴨川。」

『我是八峰村村長。這次真的很謝謝您播報豪雨快報。』

「不、不會，您太客氣了……」

『我們村子裡停電沒辦法看電視，又因為道路坍方等不到救援，能依靠的只有廣播。多虧您在廣播裡數度呼籲要保持冷靜、不要擔心，村民才能振作起來。我無論如何都想親口向您表達感謝之情，所以打了電話過來。真的太謝謝您了！』

「不會，也謝謝您的收聽……」

『今後也請您繼續加油，您應該很累了吧？這時候打擾您真不好意思。謝謝您，晚安。』

「晚、晚安！」

優和陽一四目相對，微微顫抖的手像放下什麼寶物似的，小心翼翼地掛上電話。第一次有人因為播報而向優道謝，而且對方還是受災地的村長。一股暖意湧上心頭，老人獨特的慈祥語氣仍在耳中迴盪。

「這就是廣播。」

陽一靜靜地說。

「要說影響力，廣播確實比不上電視，畢竟是一對一的媒體嘛。但是呢……一旦碰上停電，四周一片黑暗，電話又不通時……廣播就成了最鼓舞人心、最值得依賴的媒體。我一直將廣播視為心靈的維生管線。」

「維生管線！」

優眼睛一亮。和村長通完電話的興奮感再加上睡眠不足，讓優有些精神亢奮。

「喔對了，今晚辛苦妳了，謝謝妳。」

陽一看向旁邊的眼鏡妹。

「不過妳本來就知道廣播的力量對吧？山村女孩。」

女孩抬起頭，用「你怎麼知道？」的眼神看著陽一。

「我從麥克風聽到妳和鴨川ＤＪ的聊天內容，妳還說妳是海野ＤＪ的忠實粉絲嘛！」

「討厭！好、好丟臉喔……」

女孩瞬間紅了臉頰，害羞得低頭掩面。

「抱歉抱歉，我不是故意偷聽的，是麥克風靜……妳看，麥克風旁邊有一個附拉桿的盒子對吧？那個叫做麥克風靜音開關。因為上一個主持人沒有把拉桿拉回去，我才會聽到你們的聊天內容。」

「！」

女孩往室內一瞥，隨後又低下頭。我想她的臉已經是番茄狀態了。

「不過山野啊，妳已經踏出ＤＪ的第一步囉。」

「？」

「今晚大雨害聽眾擔心受怕，是我們三人合力讓他們安心振作的！優，你說是吧？」

「沒錯！她今晚幫了我們大忙，功不可沒！」

優用力點了點頭。女孩雖然學歷不高，卻聰明伶俐。她在白板和便條紙上整理的資訊井然有序、簡潔有力，端咖啡進來幫優提神的時機也恰到好處。

「優，我打算新節目就由我們三人一起合作，你應該不會反對吧？」

陽一似乎早就打算這麼做，所以才會讓女孩幫忙彙整豪雨資訊。

「贊成！」

陽一頷首而笑。

「山野佳澄小姐，恭喜妳成為新節目《午夜☆廣播站》的助理！」

「我……我？怎麼可能……真的嗎？」

「沒錯。四月開始萬事拜託囉！」

「！」

女孩感動得放聲大哭，再度讓優不知所措。

「真是個奇蹟之夜，這麼一來主角就到齊了。」

陽一拿著山野佳澄的履歷表，獨自坐在一號錄音室的控制室中。

「這女孩個性膽小，聲音卻像精靈一般清透。今晚發生的一切真是令人出乎意料，該怎麼說呢，應該是上天注定的吧？事情真是越來越有趣了！」

陽一靠在椅背上，看向一片漆黑的錄音室。

「突如其來的大雨啊……這家電臺還真常發生離奇事件呢。雖說我本人才是最離奇的存在，但過了今晚，說不定會發生更多不可思議的現象喔……」

花美男竊笑。

這時，控制室的門開了。

「辛苦了，山野已經離開了。」

陽一轉過身，向後輩投去一個微笑。

「優，辛苦你了，你手腳真快！」

「是警衛大哥的功勞，他早就幫我們叫好計程車了。」

「喔，我們公司的警衛還真機靈。」

「是啊，不過……」

「怎麼了？」

送女孩出公司時，優總覺得哪裡怪怪的，但一時卻又說不上來。

優甩了甩一片空白的腦袋，重新整理思緒，但還是想睡到不行。一方面是因為快報讓優用盡力氣，一方面是因為他已經將近二十四小時沒闔眼。對「超晨型」的優來說，實在已經到極限了。

「喔，天快亮了呢……我們也收工吧！」

這句話讓優鬆了一口氣，終於能回家了。還好明天排休，只要抵達家門，就可以盡情大睡特睡。

「優，你怎麼回去？」

「我開車，蓮池哥呢？」

「呵呵。」

臉龐俊美的導播給了優一個微笑。

「我用飄的。」

「啊？」

「開玩笑的啦，我是在比喻。」

陽一忍不住偷笑，表情十分玄妙。為什麼那唯美的微笑中帶著許陰沉呢？我想應該是因為時間——「凌晨」在作祟吧。

「那個，我想請問一下……」優有些害羞地問道。

「什麼？」

「我從來沒聽過八峰村耶……這個村子在哪裡啊？」

「你不是本地人，不知道也是正常的。」

陽一露出溫柔的笑容。

「這個村子已經不在了。」

「啊？」

「五十年前的今天，八峰村發生非季節性暴雨，造成村長和近百名村民罹難。後來和隔壁村合併，村子裡的人口慢慢減少，現在已經沒人住了。一直到幾年前，當地每年還會舉辦大型慰靈祭活動呢。」

「咦……那個……」

你是在開玩笑吧？

但仔細想想，誰會開這種沒品的玩笑？陽一面色認真，一點都不像在說笑。這讓優越發摸不著頭緒了。

「剛才村長在電話裡也說，這些年來他一直為了沒將村民救出來而自責不已。現在終於釋懷，可以安心成佛了。」

「成佛？什麼意思？」

陽一沉浸在思考當中，沒有回答優的疑問。
「你的聲線相當舒心，能有效中和隱藏在人們心底深處的悲傷，以及更深層的熱情，具有安撫人心的魔力。靜謐的深夜裡，你的聲音在電波的助力下更顯得有力量。我想，之後你的節目一定會引來更多寂寞的幽魂。」
——這個人到底在胡說什麼啊……
陽一說得淡然，優卻聽得全身寒毛豎立。
「抱歉，優，天亮了，灰姑娘時間到了。」
陽一透過錄音室小窗看著外面說。
「灰姑娘？」
「不是跟你說過嗎？我不喜歡陽光，特別是朝陽……」
「？」
陽一的話讓優更加混亂了。
「那麼，我們半夜見囉。」
向優眨了眨眼後，陽一身體瞬間變成半透明，「沉」進光蠟地板中，留下目瞪口呆的優。
「怎麼會……」

優看向陽一剛才坐的旋轉椅，再看向陽一消失的地板，來回看了好幾次。

「不……不見了？」

這麼說來……

重整亂七八糟的思緒後，優想起另一個有關廣播部的傳聞。

記得前輩們好像曾經這樣跟我說過……「廣播部的阿飄是個絕世美男子」？

優的心跳加快，全身再度冷汗直流。

「喂，你怎麼了？」

背後突如其來的男聲成為壓垮優的最後一根稻草，讓故作鎮定的他心中恐懼瞬間潰堤。

「有鬼啊啊啊啊啊啊啊啊啊啊啊啊啊啊啊啊啊啊啊啊啊啊啊啊啊啊啊啊！」

使盡全力的尖叫聲響透了整棟洋房。

「吵死人了！」

後腦勺被人用力打了一下，優閉上嘴往後一看，是個手拿拖鞋的彪形大漢。

「……臺、臺長……」
「臺內要保持安靜。」
臺長比著「噓」的手勢，和昨天下午一模一樣。
「為、為什麼臺長這個時間會在這裡？」
「我今天早上要參加廣告代理商的高爾夫球敘，所以提早過來處理公事。」
「原、原來如此。辛苦你了。」
「喂！對上司不可以直稱『你』。」
「對……對不起。」
「算了。你怎麼還在這裡？徵還會早就結束了吧？快點回家。」
「喔、好。我剛才在插播豪雨災情快報。」
「你在胡說八道什麼？」
臺長露出驚訝的表情。
「外面根本沒下雨。」
「咦?!」
優睜大了眼睛。
「可、可是剛才氣象局真的發佈了豪雨特報，各地還發生了坍方、停電……」

「地上是乾的，證明剛剛根本沒下雨。」

「啊！」

優大叫了一聲，他終於明白剛才到底「怪」在哪裡——昨晚大雨將樓梯間窗戶打得滴答作響，但送女孩上計程車時，電臺前的道路卻是全乾的。

「真的有下大雨……」

「好了。」

臺長打斷優的話。

「我問你，是蓮池導播下令插播豪雨快報的嗎？」

「對、對……」

「果然是他。」臺長低聲呢喃道。

「豪雨和災情快報僅限我們電臺。今天凌晨聽眾聽的是東京發訊的網路節目，我一路聽著開車過來的，不會有錯。」

「怎、怎麼會……可是我們真的插播了快報……」

「蓮池導播呢？」

無視一旁手足無措的優，臺長問道。

「咦？蓮池導播他……」

優突然意識到，自己接下來要說的話比晴天的豪雨特報更詭異，急忙把話吞了回去。

「怎麼了？蓮池導播去哪了？」

「呃，這個、那個……」

「快說！」

在臺長犀利眼神的逼問下，優硬著頭皮說出真相。

「蓮、蓮池導播他從那、那、那、那邊的地板……」

「沉下去了？」

「對！沒錯！就像……」

「幽靈一樣？」

「！」

看著點頭如搗蒜的優，臺長眉頭一皺。

「好吧，既然被你撞見了，也只好告訴你了。」

——什麼意思？

「這棟洋房啊，是昭和前期，一位銀行家專程從英國請建築師建造的……這件事你應該知道吧？」

「知道。」

優曾在新人培訓時聽過這件事，大致知道一些。

「戰爭結束後，我們公司買下了這間洋房，再改裝成電臺……後來才知道，這棟洋房的所有主要通路以及出入口，和鬼門、內鬼門是相通一起的。」

「啊？……龜門？」

「鬼怪的鬼，門戶的門，『鬼門』。沒聽過嗎？」

「你是說風水上的鬼門嗎？」

「對，沒錯。」

雄獅般的臺長雙手抱胸點了點頭。

「當時那位建築師對東洋風水的吉凶位毫無顧忌……不過說實在話，我進這家公司之前也沒把風水放在心上。」

臺長仰望挑高的天花板呢喃道。

「詳情我也不清楚，畢竟我對這種怪力亂神的東西不感興趣。不過……有風水老師說，這棟洋房的格局犯了很多風水上的大忌，而且嚴重到無法補救。他們還說，這座山的地下水路利於幽靈進出，也就是所謂的幽靈通道。就構造而言，這間屋子充滿了靈異之氣，且這些氣易堆積、難放流……總的來說，就是名副其實的『鬼屋』，好兄弟們進出自由，來去自如。」

臺長這番話聽得優滿頭問號。

沒想到像臺長這種雄獅般的男人竟會相信「風水」。

真是的，今天到底要我傻眼幾次啊？

「就結論而言，」

「就、就結論而言？」

說老實話，臺長說的話優沒聽懂多少，因此他絕對不能放過結論。

「就結論而言，雖然這很不科學，但就部分合理的傳統民俗觀點來看，這間電臺洋房不僅非常不吉利，還是最兇惡的建築物……嗯，大致上就這樣。」

「就這樣？」

「我跟你說。」

臺長放下抱胸的雙手，雙眼直直瞅著優。

「蓮池陽一，是鬼。」

「啊？」

「他是貨真價實的幽靈。」

「？」

「該說幸還是不幸呢？這間不吉利的洋房電臺裡有個幽靈導播，穿牆遁地都難不倒他，總是神出鬼沒，來去匆匆。又因為不喜歡陽光，所以白天很少出現。但是論起對廣播的專業技術，他是高手中的高手，工作態度也很敬業熱心。雖說是幽靈，卻不會作祟鬧事，所以沒問題的。懂？就這樣。」

「等等等等一下！」

優急忙叫住轉身就要走的臺長。

「什麼鬼門、幽靈導播……這也太扯了吧！」

「不用擔心。蓮池導播從以前開始就是我們公司的員工，得年二十八歲，死後從沒離開工作崗位，算一算他可是擁有三十年資歷的老前輩囉。」

──我才不是擔心那個咧……話說回來，蓮池導播說他在業界打滾了三十年，原來是真的啊……

「這、這樣真的好嗎？」

優鼓起勇氣大聲問道。

「什麼好不好？」

臺長一臉不解。

「不、不是啦，我的意思是說……讓幽靈當導播？」

「有差嗎？」

臺長一副無所謂的樣子。

「咦……」

「就跟你說沒差了。」

見優瞠目結舌的反應，臺長又強調了一次。

「管他是人還是鬼，只要肯好好工作就行了。而且他既不用領薪水、免保險又全年無休，畢竟幽靈不適用勞基法嘛。對公司來說簡直有利無弊。」

「什麼……難道他是……」

「公司公認的幽靈。」

臺長淡然接話。

「真的假的?!」

「真的。」

——這到底是一家什麼樣的公司啊?!

「不怪你這麼驚訝，我第一次遇到他也嚇了一大跳……」

臺長的表情像是在緬懷過去一般。

「蓮池導播真的很優秀，曾幫公司拿下好幾座民間放送聯盟獎，只可惜他的節目都只能掛別人的名字。而且他是幽靈，應該是深夜節目不可多得的人才吧。」

「什麼？」

因為是幽靈所以適合製作深夜節目？這說法未免也太瞎了吧？而且先撇開這個不談，可以說一個幽靈是「人」才嗎？一切都扯爆了，漏洞百出，害我都不知道要先吐槽哪一點了。

「但、但是，幽靈導播？這實在太令人難以置信了！」

臺長將手上的拖鞋丟在地板上，邊穿鞋邊繼續說。

「鴨川。」

「有。」

「你以前相信世上有鬼嗎？」

「不相信……」

「我想也是，我以前也不信。不是常有人鐵齒說『眼見為憑，這世界上沒有鬼』嗎？你也是那種人吧，鴨川。」

「呃，對。」

「我以前也是，不過那都是過去的事了。」

臺長感慨地點點頭。

「那我問你，你剛才看到的是什麼？」

「我、我看到……」

那一瞬間優猶豫了，不知該不該將「鬼」字說出口。

身為一個專業的媒體人士，說自己看到鬼也太不像話了吧？仔細想想，我剛才一定是看錯了，也有可能是在作夢。臺長應該只是在整我而已吧？

——沒錯，肯定是這樣！

隨著思緒奔馳，優逐漸恢復「正常人」的思考能力。

一切都是玩笑，嚇不倒我的！這一定是什麼菜鳥整人企劃，攝影機應該就藏在房間某處……

「鴨川，你東張西望在找什麼？」

「我在找攝影機。」

「攝影機？」

「喔，沒、沒有啦……我只是覺得，自己剛才應該是眼花……」

「喔？」

臺長面露懷疑之色。

「你的意思是，你剛才看到的不是鬼。看到蓮池導播身體變透明、沉入地板只是因為你眼花，又或是產生幻覺？」

「對……應該啦。」

優點點頭。

「看來你是個危險人物。」

臺長揚起單邊嘴角，不懷好意地笑道。

「明明是大晴天，你卻說有豪雨特報，還說自己看到鬼？看來你可能有妄想症。」

臺長轉過身。

「唉，真是的……像你這個樣子怎麼能當播報員呢？我會向播音課課長報告這件事，你就回家打包好行李，等我聯絡後，準備回老家吃自己吧。」

向背後的優揮過手後，臺長大步準備離開。

「等等等等一下！」

這下優慌了，急忙叫住臺長。

「你的意思是說，幻想是假，見鬼是真?!」

「沒錯，優。」
聲音是從腳下傳來的。
「因為這世界上真的有鬼嘛。」
陽一從光蠟地板中探出上半身。
「我不是幻覺啦，優，你的精神沒有問題，放心放心。」
他抬頭看著優，露出爽朗的笑容。
「有、有、有鬼……嗚喔！」
正當優要放聲大叫時，被臺長緊緊拉住領帶。
「就跟你說臺內要保持安靜了。」
「……可、可是……」
被臺長這麼一拉，別說發出聲音了，連呼吸都有困難。
「可可是？我還可可亞咧！」
「又、又是這個冷……笑話……」
虧優還有力氣吐槽，臺長再這樣拉下去，他就要一命嗚呼了。
「算了啦，二郎。第一次看到鬼，任誰都會嚇到的。」
浮在地板上的陽一不慌不忙地說。
——二郎？

——這麼說來，我記得臺長的名字是蓮池……洋二郎……

——啊。

跟阿飄的名字可真像。

「哥，不是我愛說你，」

臺長一臉無奈地放開優的領帶。

「每次事情都被你越搞越複雜。」

——哥?!

優一邊喘大氣，一邊來回比對臺長和幽靈的長相。

——兄弟？

他倆的確都是帥哥，但外表看起來卻長幼相反。

「二郎你好兇喔。話說，你還叫我哥啊？你已經超越我死時的年齡了，看起來早就不知道誰是哥哥了啦。」

相對於弟弟的臭臉，浮在地板上的哥哥倒是一臉開心的模樣。

「哥，雖說你是幽靈，但如果還活著也有點年紀了好嗎？拜託你做事有點常識好不好！」

沒想到肯定幽靈存在的臺長居然也會講究常識。

「抱歉抱歉！人家千盼萬盼好不容易盼到鴨川來，所以等不及了嘛！畢竟是我拜託二郎你把他調過來的呀！」

陽一全身浮出地板，雙手合十向弟弟低頭賠罪。透過他半透明的身體，依稀可看見另一頭的東西。

美男飄將視線移至優身上。

「所以，優，我真的是鬼。」

「是、是喔？」

「你願意相信我嗎？」

「咦？不……呃……」

信不信都不重要了，重要的是，優此時此刻正跟半透明的阿飄本人說話。

「鴨川，很遺憾這就是現實，你就接受吧，反正很快就會習慣了。」

臺長口氣平淡，一旁的幽靈則笑盈盈地看著他。

看來從今晚開始，「現實」兩個字的意思要變調了。

「不過，蓮池導播是幽靈的事情你千萬要保密。」

臺長再度比出「噓」的姿勢。

「我不想引起不必要的麻煩。因為每個人體質不同，不一定都看得到蓮池導播。尤其是白天，有些人看得到他完整的形體，有些人只能看到透明的輪廓，有人則什麼都看不到。」

「優，就像人的視力有好有壞，陰陽眼也是一樣。其實靈能力是一種很常見的能力唷。」

陽一喜孜孜地補充完後，一旁的臺長微微清了清喉嚨。

「如果單純只有『看得到』和『看不到』還好辦，但有些人只看得到透明的輪廓，所以很麻煩。事實上，公司有很多人根本不知道蓮池導播是鬼。」

「真的假的……」

那海野ＤＪ呢？

「總之，這件事不准說出去。反正有些人打死就是不信世上有鬼，跟他們說就只有被糗的份。」

臺長看著身旁半透明的幽靈，面無表情地說。

「優，你不用擔心啦！」

美男飄的雙眼散發出亮澄澄的光彩。

「我絕對不會附你的身或是詛咒你的，我不是那種類型的幽靈。你不用害怕，我也沒意思要嚇人，我只想待在這家電臺好好做節目，僅此而已，還希望你能體諒。」

「好……」

「謝謝你。那新節目我們就一起加油吧！」

陽一向優眨眼後，再次沉進地板中。

✦

清晨——

回到公寓的優一頭倒在床上。

「真的假的……我居然撞鬼了……」

公司公認的幽靈導播？這也太扯了吧！臺長竟然還叫我接受這個「現實」。

優的腦中浮現出陽一爽朗的笑容，那笑容充滿了朝氣，感覺和「幽靈」兩字一點關係都沒有。

——反正他又不會作祟，應該沒關係吧？

發現自己竟然接受「世上有鬼」的事實，優不禁苦笑。

不過……

從下午開始優就很在意一件事。

——他怎麼知道我高中打棒球啊？

幽靈竟如此神通廣大？

內心最脆弱、最敏感的部分被人無端碰觸，那讓優的心底隱隱作痛。

「啊……」

正當他伸手護著心口時，肚子餓得咕嚕作響。昨天忙得不可開交，連晚餐都忘了吃。看來心情沮喪是一回事，腸胃的精神倒是不受影響。

——糟糕，早知道就先把飯煮起來。

屋漏偏逢連夜雨，家裡的泡麵竟在這時候吃完了。沒辦法，只能開愛車去便利商店買便當了。

然而，看了看牆上電波時鐘所顯示的時間，優忽然感到一股強烈的睡意。

於是他決定放棄吃飯，脫下西裝往旁邊一丟，一頭鑽進溫暖的毛毯被窩。睡意朦朧之間，優想起昨天在電臺門口看到的西洋女孩。

——那個女孩也是鬼嗎？

真是不得安寧的一天。

突如其來的大雨……

村長打來的電話……

還有——

他為什麼……死後還要繼續做電臺節目呢？

思緒到這裡就斷掉了。

優的意識穿過漫長的黑暗，進入夢境之中。

進入那個，從高中時代就不斷夢見的惡夢之中。

〔第二話〕

最後一球

自助理徵選會後過了三週。

四月第一個週一即將結束。

還有三秒。就要邁入午夜十二點的當前，廣播部的音響傳出報時的聲音。

一號錄音室的門口亮起了「直播中」紅色燈號。

優和佳澄將麥克風開關打開。

兩秒鐘的寂靜。

隔音玻璃的另一頭，節目導播陽一做出預備手勢。

舉起的右手手掌緩緩放下。

——新節目，開播！

「時間來到今天和明天的交界——午夜十二點。大家晚安，我是鴨川優。」

「我是山野佳澄。」

兩人齊聲說道：「歡迎收聽《午夜☆廣播站》！」

進主題音樂。

星光閃耀的合成效果音響起，進入輕快的流行音樂。

優透過隔音玻璃和陽一四目相對，向他大力點了點頭。

ＤＪ前輩說過，開頭第一聲是節目順利與否的關鍵。看來第一關是過了。

優看向對面的節目助理主持人——佳澄。今天她剪了短劉海，拿下厚重的黑框眼鏡，並上了淡妝。此時她正隨著音樂旋律點頭，鮑伯頭的側髮在臉頰旁搖曳著。

——佳澄台風真穩，這女孩果然天生是吃這行飯的料。

徵選會過後幾天，葵第一次見到佳澄便斷言：「這孩子絕對沒問題」。「妳雖然個性內向，但該大膽時就會大膽」、「妳天生就是要走這一行」、「我看人的眼光很準的！」

這些魔法般的話語讓佳澄脫胎換骨。

不出葵所料，原本在徵選那晚還唯唯諾諾、畏首畏尾的佳澄，在一次又一次的發音練習和節目預演後，說話變得有氣勢多了。

佳澄的進步神速讓播音資歷兩年的優也目瞪口呆……然而在開播的前一個傍晚，葵偷偷向優「坦白」。

「其實我是為了幫佳澄打氣才故意稱讚她的。」

優睜大了眼睛，虧他還打從心裡佩服葵眼光獨到。

「佳澄第一次見到我時，緊張到都快斷氣了。老實說，當時我心想，公司怎麼會錄取這樣的人呢？」

「是、是喔？」

「她是個沉浸在自己世界的女孩，不過我馬上就發現，這其實也是她的優點，若能燃起她的幹勁，一定能有一番作為。不過，沒想到她竟然進步得那麼快，看來她真的有這方面的才能。」

「才能……」

「該怎麼說呢，她雖然沉默寡言，但內心應該非常健談。」

「內心非常健談？」

什麼意思啊？

「我想，她小時候一定常在遠處看著別的小朋友，心想著要跟他們聊什麼、要怎樣逗他們笑。簡單來說，她常在內心演獨角戲。」

「妳是說，像表象訓練[2]那樣嗎？」

「沒錯，表象訓練對我們播報員也很有用。首先，想像自己坐在麥克風前說話的樣子，情境越真實越好，然後再進行實際演練。」

「演練？」

「對，就是演練。你之後也可以試試喔。」

「好，演練啊……」

優邊碎唸邊從口袋拿出小本子，記下葵說的話。

「哇，你還做筆記耶！很好很好！」

眼尖的葵不禁出聲讚嘆。

「不是啦，其實是因為我常常無法實踐別人的意見，想說至少不要忘記……」

「你真的就像傳聞所說，是個認真的孩子呢！」

「我……我的傳聞？」

「大家都說，有個發音練習時不停做筆記的新人要來我們廣播部。」

「咦？」

葵啞然失笑。

「騙你的啦！你真的很好騙耶！」

「拜託妳別鬧了……」

2. 表象訓練：將過程在腦中鉅細靡遺演練的訓練方法。

優無力地垂下肩膀。

「好啦不鬧你了。不過說真的，DJ的外表也很重要喔。只要換個髮型或打扮，形象就會完全不同喔。」

「這倒是……」

事實上，自從葵幫佳澄摘掉眼鏡、剪掉遮臉的劉海後，佳澄立刻從鄉下村姑變身都會正妹。這不是老牌電視劇才有的劇情嗎？現在是在演哪齣？說老實話，她現在的模樣，比徵選會履歷表上貼的「冒牌貨」要可愛多了（雖然這樣說對那個女孩有點抱歉）。

「我看電視部可能會跟我們要人囉。」一聽到臺長這麼說，佳澄一臉驚恐地回道：「人家要留在廣播部！」說完便躲到葵的背後，讓臺長哭笑不得。

「雖說聽眾看不到我們的臉，但用心打扮是件好事。只要改變態度，人也會跟著脫胎換骨。」

優一邊狂點頭，一邊記下葵說的話。

「如果你認同我說的話，要不要去整理一下睡亂的頭髮？」

「咦?!」

看優急急忙忙摸頭的反應，葵又噗哧一笑。

「不是有句話叫『心動不如馬上行動』嗎？光做筆記卻不付諸實行是沒有意義的。」
「對不起……」
「用不著道歉啦！」
強勢的葵回了優一個微笑。
「話說回來，我一直以為女生改戴隱形眼鏡就能變成正妹只是都市傳說。」
「這句話說得不全對。」
「咦？」
「鴨川，你的觀察力真的很差耶。」
葵雙手抱胸說。
「佳澄沒有戴隱形眼鏡。」
優瞪大了眼睛。
「真的假的？」
「真的。」
優歪頭。
「妳的意思是說……」

「佳澄是個大近視，我想她現在應該眼前一片模糊吧。」
「那她摘掉眼鏡後，說話就不再畏畏縮縮也是因為……」
「因為看不到對方的臉，所以就沒那麼緊張了。這就是『看不到』的力量。」
葵說完又笑了。
「對了，葵姐。」
「什麼事？」
「我有事想問妳……」
確認會議室中沒有其他人後，優壓低聲量說：「是有關於蓮池導播的事……」
「他怎麼了？」
「嗯……妳、妳對他有什麼看法？」
「看法？你問這幹嘛？」
看優一副扭捏模樣，葵追問道。
「沒、沒有啦，我只是有點在意他。」
豈止是有點，簡直就是超級在意。偏偏臺長交代蓮池導播是鬼的事情絕對不可以說出去，優只能慎選用字，顧左右而言他，再加上眼神飄忽不定，那讓他看起來實在有些可疑。

「喔？」

葵很吃驚優會問這樣的問題。

「他滿特別的，個性爽朗，還是個大帥哥，不過不是我的菜。再說，我現在對男人沒興趣。啊……我可不是沒人追喔，只是我的人生以工作為優先，現在沒心情談戀愛，重點來了！為什麼呢？」她停頓了一下。「因為，老娘桃花運超旺，不怕沒人追！」

說完，葵豪邁大笑。

確實，像她這種開朗不做作的女生，在同性、異性間應該都很受歡迎吧。

——不過話說回來，這麼正的葵姐居然還單身……實在是太令人意外了。

優默默心想。但現在似乎不是想這些的時候。

「可、可是……蓮池導播他，」優低聲說。「是……鬼耶。」

此話一出，葵睜大了雙眼。

「天吶，你竟然當真了？」

「什麼？」

「這世界上哪來的鬼啦！蓮池導播很愛開玩笑，別把他的玩笑話當真了。」

正妹DJ捧腹大笑，穿著高跟鞋的腳還跺了幾下木頭地板。

優想到臺長的話——公司有很多人根本不知道蓮池導播是鬼。

「那、那其他同事是怎麼想的？」

「我是不知道大家怎麼想啦，但應該沒有人真以為他是鬼吧。」

「哇，你們聊得好起勁喔。」

優瞬間全身僵硬，因為他看到美男飄正從門縫偷看他們。

「嗨，陽陽！」

「你們在聊什麼？」

葵伸手擦去笑到流出來的眼淚。

「陽陽，鴨川他真的以為你是鬼耶，笑死我了。」

「哈哈哈，不錯啊。」

陽一笑得爽朗。

「優，像你個性這麼單純是好事，人緣一定很好。」

「而且還很好騙。」

葵悠悠地說。

「好了，陽陽，那我先走囉。我會悠哉地在被窩裡聽新節目的……如果沒睡著的話。」

她吐舌一笑。

「……小葵人真不錯。」

葵走後，陽一語重心長地說。

「每次和她聊天都感到很愉快，讓人精神百倍。優，你應該也這麼覺得吧？」

「……嗯。」

優敷衍地點點頭，刻意閃避陽一的視線。

「而且啊，無論我怎麼說，她打死都不相信我是鬼，我特別喜歡她這一點，正直不做作。雖說她看得到我……啊，不過，也許就是因為看得『太清楚』了，所以才不信吧。」

這些話明顯是以「我是鬼」為前提說的。優偷瞄了一下身旁的美男飄，心想，他怎麼看都實在不像阿飄啊。

「小葵可是廣播部裡最具靈媒體質的人呢！」

「靈媒體質?!」

優不禁大聲重複道。海野ＤＪ堪稱女強人，「靈媒體質」這四個字一點都不適合她。

「沒錯。優你也是喔。」

「我也是?!」

發現自己和陽一對上眼，優趕緊將視線移開。

「對。因為你們的陰陽眼看得太清楚了，所以分不清楚誰是人、誰是鬼。其實你們都是一等一的靈能力者。」

「騙人的吧，怎麼可能……」

分不清楚誰是人誰是鬼?這怎麼可能?況且我怎麼可能是靈能力者?這未免也太扯了吧!

「我之前也跟你說過，靈能力是一種很常見的能力，只是每個人看到的程度不同。不過，即使是靈能力很強的人，也無法看見所有幽靈，只能看見極少部分。這有點類似廣播頻率，頻率不合就看不到，所以很多人都不知道自己有陰陽眼，這樣講你應該懂吧?」

「不懂……」優搖搖頭。

「也是啦，其實我也不太懂。」

陽一懊惱地閉上眼睛，睫毛有如娃娃般纖長。

「再說，其實我算是特例。夜越深，我的靈體越穩定，任何人不管有沒有陰陽眼都看得到我……如果完全掌握這套法則的話，我也比較好活動。不過，都死了這麼久了，我還是搞不清楚其中的道理。」

「喔。」

優不禁再度心想，這人真的是幽靈嗎？

先不管聊天內容，光是能和人聊天這一點，就和一般人毫無差別。

如果他真是幽靈，為什麼還要留在電臺當導播？

優曾在靈異節目中看過，人死後如果對世間仍有遺憾或怨念，就有可能成為「地縛靈」。這種靈通常充滿了怨氣和恨意，然而，陽一身上卻完全沒有這種氣息，相反地，他個性開朗活潑，待人又親和，全身散發出滿滿的正面能量。

——咦？奇怪？

優這才想到，陽一剛才是開門進來的。

仔細想想，自從那晚後，陽一就再也沒做出沉入地板這類「靈異舉動」了。

今天為了新節目的預演，他不但在控制室裡操作混音座，甚至還用手打開錄音室的沉重鐵門。

如果他真是鬼，有可能做這些事嗎？

不，怎麼想都不可能。

這麼說來，他說自己是鬼……果然是在開玩笑吧？

再說，如果他真是鬼的話，何必還要在那邊分析靈界的事？就客觀的角度來看，一個媒體人士說這些話會不會太沒常識了？不，根本就是扯到極點！

——所以我就說嘛！葵姐是對的！這世界上哪來的鬼……

「優，那我先進錄音室了喔。」

陽一身體飄起，揮著手飄入天花板中。

玻璃的另一頭，陽一緩緩舉起右手、張開手掌。那是「主持人說話」的預備手勢。

先不論陽一是人是鬼，即將開播的直播節目才是優的當務之急。優瞬時感到坐立難安，緊張得直捲袖子，掌心全是汗。

——應該加油的人其實是我吧。

在這之前，優一心只牽掛著佳澄，竟然連自己都忘了緊張。

這是優第一次主持節目。雖說是深夜節目，但一個資歷兩年的播報員可以當上「帶狀直播節目」主持人，確實是「破格提拔」。播音課課長說得沒錯。

——真的沒問題嗎？

正當不安充滿優的心頭時，節目片頭音量降低成背景音樂。

——該來的還是來了。

優深深吐了口氣，而後打開麥克風開關。這也是他從葵那邊學來的小撇步。

——還好電臺裡有葵姐。

雖然她講話直白得有點機車，但卻是非常可靠的前輩。一想到葵，優心中的緊張也舒緩了不少。他抬起頭，發現佳澄也正看著自己，兩人對視而笑，彼此點頭。

陽一放下右手，示意主持人可開始講話。

——好！上吧！

「在此再次向大家自我介紹，晚安，我是播報資歷兩年的鴨川優。」

「我是新人助理主持，山野佳澄。」

——太好了，我們倆都講得很順。

雖然只是小小的成功，對優來說卻是極大的欣慰。

三個小時的節目聽起來很長，但其實是由一字一句累積而成的——雖說這是拿葵的話來現學現賣安慰自己，但優現在只希望，在播放第一首歌曲之前能一切順利。

「我們節目是本電臺睽違已久的深夜直播節目喔。」

「優哥，上一個深夜直播節目是多久以前的事了？」

「據說是二十五年前！四分之一世紀以前耶！」

「那時我還沒出生呢！」

「佳澄妳幾歲？」

「嗯，十八歲。」

「好嫩喔。」

「優哥你也才二十三歲不是嗎？」

「這麼說來，我也還沒出生囉。」

「就～是說嘛！」

「週一到週五晚上十二點到凌晨三點，將由我們兩個陪您度過午夜時光！」

「我們會在節目中介紹聽眾來訊，為您播放好聽的歌曲，介紹最新最夯的娛樂新聞。話說，優哥，你還好嗎？」

「什麼？」

「聽說你是超級晨型人，一過晚上九點就會犯睏。」

「對啊，其實我現在已經睏到不行囉……」

優打了個大哈欠，當然是故意的，事實上他緊張到睡意全消。

「優哥，振作一點！」

「哈哈哈，抱歉抱歉。」

兩個人的對話有些生硬，像在唸劇本似的。不過這也怪不了他們，畢竟這都是事先排好的。

「各位聽眾，希望你們能盡快傳訊進來，好趕走優哥的瞌睡蟲！禮拜一的主題不拘，傳訊方式有電子郵件、推特，以及傳真。電子郵件地址是……」

佳澄用通透的聲音介紹傳訊方式時，優偷偷觀察控制室裡的陽一。白襯衫加深藍西裝外套，今天的陽一依舊是個型男。他每天都穿不一樣的衣服，還會加入流行要素，這算什麼幽靈（？）。還是說，正因為他是幽靈，才能隨心所欲變換裝扮？

不過——

雖說導播是鬼，節目卻很普通。

優暗自心想。

——跟平常的節目沒兩樣嘛。

第一次主持節目，還是個幽靈導播的節目，優原本很擔心會有怪事發生。但如今看來是他多心了，佳澄也主持得很開心的樣子，想必一切都能順利。

——好！集中集中！

正當優準備轉換心情、集中精神時……

「……喵……」

錄音室的牆邊傳來微弱的貓叫聲。

「咦？」

優和佳澄同時往牆邊一看，這時室內照明忽然熄滅。

「呀啊?!」

「怪、怪了?!」

沒有窗戶的錄音室陷入一片黑暗之中，桌上用來看聽眾推特來訊的筆電也沒了畫面。

『別慌。』

陽一按下對講鍵，透過專用耳機向主持人喊話。

『沒有照明，可是節目還在直播喔。別擔心，你們就繼續主持，老實和聽眾報告狀況，說剛才錄音室內的燈突然滅掉了。』

控制室裡有幾台機器面板還亮著。

在陽一明確的指示下，優稍微恢復了冷靜，深呼吸後再度開口。

「剛才真是不好意思，嗯……說來奇怪，我們一號錄音室的燈突然熄滅了，目前錄音室內一片黑暗，是停電嗎？」

「真是嚇死人了呢！」

佳澄的聲音比平常更尖銳、更大聲，連帶著讓優的聲音也稍微提高了些。

「對呀，我也嚇到了。雖然還沒脫離驚恐，但值得慶幸的是節目並未因此中斷，我們還能繼續陪大家說話。」

「優哥，這種突發狀況正是你大展身手的好時機喔！」

「是嗎？」

『佳澄，接得好！』

被陽一這麼一稱讚，女孩有些得意忘形。

「優哥，你開錄前不是還很帥地跟我說『萬事包在我身上』嗎？」

「呃，妳還記得喔？」

「當然。」

「真是的……我完全沒想到會停電啊。到底為什麼會停電？打雷了是嗎？」

「但現在沒下雨耶。」

「可是徵……」

優欲言又止。

可是徵選會的那天晚上，全縣沒下半滴雨，沒半戶人家停電，氣象局當然也沒發佈什麼豪雨特報。而正如陽一所說，八峰村根本就是不存在的村落。

——那麼，為什麼優會在樓梯間聽到大雨敲得窗戶滴答作響？村長打來的電話又是怎麼回事？那位聲音親切和藹的老人到底是誰？

『問聽眾家裡的情況。』

見優冷場，陽一立刻丟出指令。

「嗯……各位聽眾家裡情況還好嗎？」

「有沒有停電呢？」

「如果你家也停電的話，可以傳訊告訴我們狀況。停電也可以用手機上推特喔！」

「優哥，可是我們錄音室內的筆電打不開，這樣沒辦法收信和看推特訊息吧？」

「對、對吼，我本來想跟大家分攤停電的恐怖感的說。」

「優哥，你該不會怕黑吧？」

「佳澄妳才是吧！剛才停電的時候，妳不是還尖叫嗎？」

「我是女生又沒差。」

聊著聊著，優心情也越來越開懷。所謂的「談笑風生」就是這樣吧。

「妳這是性別歧視……咦？」

優瞬間全身僵硬。

「你怎麼了？」

「佳澄妳看，天花板在發光……」

兩人頭上的一塊天花板正發出微微藍光。

「應該是電來了吧？」

「不是。是帶點藍白色的微光……」

兩人抬頭一看，天花板發出「嘟嚕嚕嚕」的微弱聲響。

「奇怪？」

「這是什麼聲音？」

「好像在哪聽過……」
「啊！」
兩人恍然大悟。
「是傳真機的聲音！」
這時有東西從上頭飄了下來，優和佳澄同時尖叫了一聲。
「優哥，你尖叫了！」
女孩喜孜孜地吐槽。
「要妳管！那不重要啦！重要的是，這這這這東西怎麼會從天花板上掉下來?!」
「是一張紙……一張A4大小的紙，整張紙發出微微藍光……嗯，好像是張影印用紙……」
「喂！佳、佳澄！妳怎麼敢碰？」
「咦？」
女孩愣了一下。
「雖然在發光，但這只是一張普通的紙啊。」
「妳這話前後矛盾了吧?!既然在發光，就代表它不是普通的紙啊！」
優瞬間覺得眼前這個身處黑暗中連臉也看不清的女孩，是個異類。

「啊！」

「怎、怎麼了？」

「優哥，紙上有文字浮出來了。」

「文、文字？」

優在心中吶喊：「我才不要唸咧！」

「這應該是聽眾來訊吧？」

「那為什麼會從天花板飄下來？」

優早把節目主持拋在腦後，用一般口氣說話。

「剛才不是有傳真機的聲音嗎？」

「天花板上才沒有傳真機咧！傳真機在隔壁的控制室裡。如果真是聽眾傳的，怎麼會傳到天花板來?!」

「這個嘛，我想應該是因為停電，沒辦法傳到控制室吧？」

佳澄的口氣相當冷靜。葵說得沒錯，佳澄該大膽的時候就會大膽，但這……未免也太大膽了吧？

「不是吧，這理由太牽強了！話說回來，佳澄妳怎麼能那麼冷靜？」

明明都害怕到快暈倒了，優竟然還有心情嗆人。也不知道他是認真的還是在開玩笑，但無論如何，這人是個天然呆無誤。

『好，佳澄，把傳真唸出來。』

耳機傳來陽一的指令。

——真的假的?!

近視的佳澄想也沒想就貼近傳真，紙上的光將她的臉照成藍白色，就連瞳孔都發出綠光。那顏色美麗歸美麗，但明顯不屬於人世間，讓優看得雞皮疙瘩掉滿地。

「我要唸囉！嗯，這位聽眾名叫……路過的遊魂。」

「媽呀……他是真的遊魂，還是只是筆名啊?!」

「優哥，這種紀念性的關鍵時刻你別吵好不好，我可是要唸人生第一封聽眾來訊耶！」

佳澄瞪了優一眼。

「妳要把這封傳真當作具有紀念性的人生第一封聽眾來訊嗎？妳確定？」

「確定。」

回答得可真快。

——這女孩果然是個天生怪咖……

「好，我要唸囉！嗯……我已經死了快六年。」

「媽呀。」

「每天都漫無目的地飄蕩，所以應該算是遊魂吧。生前我打棒球，但幽靈無法打棒球，因此現在每天都無所事事。尤其因為幽靈不用睡覺，晚上更是閒得發慌，所以我很高興你們開了這個節目。佳澄，妳的聲音真可愛，鴨川DJ也要加油喔，我之後還會傳訊給你們的……」

傳真的方式那麼陰森詭異，內容竟然如此開朗正面，還真教人有些失望。

「優哥，你覺得如何？」

「咦？」

『優，快發表感想。』

陽一也忍不住催促。

——要我對這個從天花板掉下來的不明物體發表感想？

「唔……這有點難耶。嗯，硬逼我說的話……喔不，要說的話，我以前也打棒球喔，你也喜歡打棒球啊？」

再扯也要有限度吧。

「什麼？優哥你竟然會打棒球？」

「怎、怎樣？妳的反應也太驚訝了吧。」

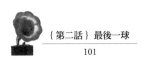

「因為你看起來不是運動型的啊。」
「是喔？我給人的感覺很宅嗎？」
「該怎麼說呢，感覺你是手很巧的文靜男。」
「是喔，比方說呢？」
「好像會在家裡一直練習魔術之類的。」
「怎麼感覺很遜。」
「而且只是為了表演給家人看……」
「只是為了表演給家人看?!」
「沒關係，電來了以後我願意看你表演魔術。」
「我根本沒在練習魔術好嗎？該不會……停電跟剛才的傳真也是魔術的一部分吧？」
「優哥是你？」
「才不是我咧，而且我的興趣才不是變魔術。」
『佳澄，幫這封傳真做結語。』
耳機傳來陽一的指令。
「路過的遊魂，謝謝你的傳真。期待你的再度來訊，等你喔！」
「等他?!」

「對呀。」
「可是他說自己是遊魂耶。」
「是啊。」
「如果他真的是鬼怎麼辦……」
優吞了口口水，瞄了一眼幽靈導播。這一切並非不可能，畢竟隔壁控制室就坐了一隻啊。
「好過分喔……」
女孩故作驚訝神色。
「優哥，幽靈也是人，我們不可以歧視他們。」
「重點在這裡嗎?!」
優不禁後仰。
「妳心胸好寬大喔，真令人意外。」
「他現在可能就在錄音室喔，只是我們看不見。」
「咦？」
「就在上面之類的。」
「不要跟天花板揮手！」
不知不覺中，優已變成負責吐槽的角色。

「對了，優哥，你為什麼不打了？」
「什麼？」
「棒球啊，為什麼不打棒球了？」
「嗯，這個嘛……」
正當優猶豫該怎麼回答時——
「啊！」兩人異口同聲。
天花板上的燈亮了，日光燈的白光非常刺眼。
「剛才錄音室內的燈亮了……好刺眼喔，不過太好了。」
「呼。」優在心中大大鬆了一口氣。
但事情還沒完呢。
「優哥！」
佳澄比平時更尖銳的聲音嚇得優抖了一下。
「怎麼了？」
「剛才的傳真不見了……」
桌上有節目流程表、天氣預報，以及歌手資料的筆記，就是沒有剛剛的傳真。
「怪了……剛才還在桌上的啊。」

『好，優，準備進廣告。』

陽一透過耳機發出指令。

「好的，既然電來了，那我們先進段廣告吧。」

進入長達兩分鐘的廣告時間後，陽一開門，拍著手進入錄音室。

「很好很好，超有趣的。」

「是、是嗎？」

優不可置信地說。

「不過，陽哥，剛才的開頭是不是有些失敗啊？」

「不算失敗。節目沒中斷，也順利進了廣告。雖然不知道停電的原因為何，但節目反而因此變有趣了，所以沒問題。」

「那突然消失的傳真呢？還有貓叫聲……」

「喔？那應該是靈異現象吧。」

陽一若無其事地說，優頓時無言以對。

「放心，他也說自己是遊魂不是嗎？不是什麼危險的靈體，不會傷害我們的。反正這不重要啦！」

——這不重要，那什麼才重要？

陽一無視傻眼的優，繼續說道。

「依照預定流程，廣告後會進入專輯介紹單元，連續播三首歌，你們可以稍微休息一下。還有，佳澄，」

「有。」

「妳的臨機應變功力很好喔，即興談話非常精采，就照這個步調繼續下去。」

「是！」佳澄不假思索地回答。

這倒是真的。沒想到正式上場後佳澄變得這麼厲害，剛才是她目前為止表現得最好的一次，和徵選會上唯唯諾諾的眼鏡妹簡直判若兩人。

——不過話說回來，這女孩明明怕人怕得要死，卻不怕鬼？

看優目不轉睛地盯著佳澄的臉看，陽一「啪啪」拍了兩下手。

「好！從開頭到現在，你們的角色也差不多定型了，佳澄妳就盡情插話，優你就繼續回嗆，把每個單元主持好，High 到節目結束！」

呃，最 High 的應該是你吧，幽靈導播。

✦

結果，今晚錄音室內接連發生不可思議的現象。停了三次電，每每停電就接到「路過的遊魂」的傳真，以及聽到貓叫聲、抓牆壁的怪聲等等。

大批聽眾來訊塞爆了節目的推特、電子信箱和傳真機，表示他們非常喜歡節目的「靈異現象」，並稱讚優和佳澄「演技逼真」。也就是說，大多聽眾都沒把錄音室鬧鬼的事當真。

其中又以「路過的遊魂身為阿飄該如何打棒球」的討論最為熱烈。

——吼，明明就是真的鬧鬼……

照理來說，優應該要為聽這反應熱烈而高興的，但他的心情卻相當複雜。

「兩位，第一集成功播完了，辛苦你們了！」

陽一倒是心情很好。

「之前電視上說啊，沒有窗戶的空間最容易引來阿飄了。」

「是、是嗎？」

優還是第一次聽到這個說法，那讓他大受打擊。電臺裡的錄音室、控制室、機材管理室全都沒有窗戶，那不就到處都是鬼？

先不說這個，一個阿飄竟然會看靈異節目？這未免也太玄了吧！說起來，蓮池陽一這個人（鬼）真是太值得吐槽了。

「沒想到今天節目途中竟然發生靈異事件，實在太出乎意料了。不過聽眾似乎很樂在其中，也算是因禍得福吧？」

「是、是嗎？」

優不禁提高音量。

「你不覺得嗎？」

陽一用不可思議的眼神盯著優瞧。

「可、可是，你不覺得今晚發生的事情何止是『出乎意料』，根本就是扯爆了嗎?!」

「優，你聽好。」

陽一放下右手的原子筆，語氣平穩地說。

「如果節目只是照著計畫走，那就太索然無味了。照本宣科對主持人而言或許很輕鬆，對聽眾而言卻很無趣。做廣播的重點在於變化，要比喻的話，突發事件是幫菜餚提味的辛香料。廣播節目發生靈異事件多難得啊！簡直是前所未聞，就連身為幽靈的我也是第一次碰到這樣的狀況，其他節目想要鬧鬼還沒得鬧咧，今晚我們實在太幸運了！」

本身也是「靈異現象」之一的美男飄對優曉以大義。優聽得目瞪口呆，一旁的佳澄卻頻頻點頭表示贊同。

——看來，跟他們兩個在一起我只能孤軍奮戰了……

「不過呢，這種幸運的突發事件以後應該不會再發生了，畢竟我們節目只是一個『普通的深夜歡樂節目』嘛。兩位，明天也要繃緊神經繼續加油喔！」

「好！明天也請多多指教。」

相較於佳澄的精神抖擻，一旁的優卻顯得有些興致缺缺。

——希望明天真的能主持到「普通的深夜歡樂節目」……

「辛苦了！呀！」

佳澄發出微弱的尖叫聲。原來是近視的她差點在門口跌一跤，也許是因為覺得丟臉，她跳了兩三步穩住身子後，便頭也不回地衝下樓。

兩個男人噗哧一笑。

「優，如何？我們公司的女神很可愛對吧。希望她以後也不要戴眼鏡或隱形眼鏡，這樣才有趣嘛！」

陽一早就發現佳澄沒戴隱形眼鏡。

看到陽一臉上溫暖的笑容，實在很難想像他是幽靈。現在看來，剛才錄音時發生的靈異現象簡直就像一場玩笑。

「咦？」

陽一突然轉身看向走廊的另一頭。

順著陽一的眼神看去，優發現漆黑的走廊上有一道微弱藍光正快速遠離他們。

「蓮池哥，那是……」

「嗯。」

陽一意味深遠地點點頭。

「你也看見了對吧。」

「是、是啊……不過，我不確定自己是不是看錯了……」

「不，我也看到剛才有『東西』快速離開。不用想也知道，那微光一定是幽靈。」

「幽靈……」

「不過，那微光另有其人，不是剛才的『路過的遊魂』，也不是抓牆的幽靈貓。」

「另有其人？」

優住口，不想繼續談靈異話題。

「佳澄只顧著跌倒的事，完全沒注意到。」

陽一掩口笑著說。無論是他王子般的外表，還是可愛的個性，都實在不像五十歲。

「不過剛才那位我也是第一次遇到。喔不……應該說第一次在這裡遇到。」

「你說在這裡遇到……」

「剛才在錄音室裡的『好兄弟』其實不只路過的遊魂和頑皮的貓咪，我想今後應該還會增加吧。」

「咦……」優的全身寒毛再度豎立，這是今晚第幾次了？

「他們之後可能會跟我們說話喔。」

美男飄意有所指地笑了。

✦

三人解散後，陽一留在錄音室內，優則送佳澄到門口坐計程車。此時已是凌晨四點多。

緊張退去後，一股猛烈的睡意向他襲來。優至今仍無法調整晨型的生活步調，今早也是六點就起床了。

優爬進停在門口旁的輕型廂型車，發動後便不小心睡著了。

片刻，優被一陣敲窗聲吵醒。他看了看儀表板上的電子時鐘，上頭顯示凌晨四點十五分，自己才睡不到十分鐘，車內的暖氣讓車窗蒙上一層霧氣。

敲窗聲再度響起。

——是警衛大哥嗎？

廣播部的警衛都是年過六十的伯伯，他們對優這個年輕小伙子十分親切。雖然優調來電臺還不滿一個月，卻有好幾次半夜在公司不小心睡著、被警衛叫醒的經驗。

——話說回來，我也不小心睡著太多次了吧，下次要注意一點。

正當優按下車窗準備道歉時，車外卻站著意想不到的人物。

「哈囉！優，好久不見。」

優絕不會錯認這副大嗓門。

「澤田……」

那是優高中棒球隊的隊友——澤田弘。

黑暗之中只看得見澤田的龐大身軀。他穿著一身白，似乎是棒球隊制服。

「你這傢伙，睡在這種地方會感冒喔。」

「喔，嗯。」

「嚇到了吧？意不意外啊？」

澤田嬉笑道。

「拜託……大半夜的，突然出現一個穿著棒球服的大隻佬，任誰都會嚇到吧。」

「喔，衝著你這句話，我也不算白跑這趟了。」

「還好啦。」

優的語氣充滿無奈。澤田從以前就滿腦的鬼點子，和個性認真的優簡直是最佳拍檔。

「我可以坐你旁邊嗎？」

「可以啊，車門沒鎖。」

一百九十二公分的巨漢打開副駕駛座車門，擠進車中。

「好痛！」

看來他撞到頭了。

「這台輕型車也太小了吧？你幹嘛不買大一點的車子？」

「抱歉喔，我那點微薄薪水養這台車已經是極限了。而且這哪是輕型車的問題啊？我看全日本應該很難找到裝得下你的車子吧。」

「說得也是！」

澤田開懷大笑。

「優，你這傢伙竟然當上了播報員。真是嚇了我一跳，高中時我還以為你只是個棒球宅咧。」

澤田雙手抱胸，一臉感觸良多地點頭。

「不過以前我們球隊不是常玩『現場轉播遊戲』嗎？那時你就報得超好的。你也報棒球嗎？」

「怎麼可能。」

優搖搖頭。

並不是打過棒球就能當上體育主播，而是必須經過多年訓練。「轉播比賽」在播音界是一門專業學問，只有專業人士才能勝任。除了要口條清晰、聲量夠大有朝氣，還必須熟知運動規則。並不是只要打過棒球就能馬上勝任，現在的優連「試報」的資格都沒有。

優曾在新人培訓時聽過前輩主播轉播比賽實況，簡直可用「口若懸河」、「滔滔不絕」來形容，優知道自己沒有這種能力，因此知難而退。

「咦，轉播比賽這麼難喔？」

優的說明讓澤田目瞪口呆。

「澤田你呢？現在在幹嘛？」

「沒什麼啦。我只是偶爾路過這裡，在廣播裡聽到你的聲音，所以就在這裡等你出來。這就叫『追星』吧？等待知名人士的過程好緊張喔。」

「你白癡喔，我一點都不有名好嗎。」

「是喔，但你們收到超多聽眾來訊不是嗎？」

「大家都是衝著『路過的遊魂』來的，不然就是稱讚助理主持人佳澄聲音可愛。」

「我好高興。」

巨漢滿足地笑道。

「那封傳真是我傳的。」

「原來如此。」

優點點頭。

「我也猜到是你。」

「優，你真不愧是我的好麻吉。」

「澤田，」優雙眼泛著淚光，「你果然已經死了。」

澤田身上穿的，是高中時的棒球社隊服。

「……優，我們球隊真的好棒。」

澤田開朗地說。

「我是第四棒王牌打者，你是有鐵壁之稱的二壘手兼隊長。就差那麼一步，我們球隊就要首次攻入甲子園。」

「雖然只是縣賽，但有好多球界人士和大學體育星探特別來看你的表現。」

優邊拭淚邊說。

那是他們人生中最精采的夏天。

在超水準王牌澤田弘和隊長鴨川優的帶領之下，棒球社自創立以來第一次順利打進縣內決賽。

比賽進入投手戰，澤田在壘上無人時打出全壘打，讓他們領先對手一分，比賽進入九局下半——

「當時我因為急著贏球，連續投出四壞球。然而，就在對方兩出局的情況下，球卻被打中了。不，正確來說，我是故意讓對方打中的。因為有優你這個鐵壁二壘手，我很放心。但是……」

「那時候我卻轉身沒注意到。」

說這話時，優全身顫抖不已。

因為這個九局下半的戲劇性扭轉，他們輸掉了縣內決賽，確定無緣進軍甲子園。

「是我害我們輸球的……澤田，對不起，你想推甄的大學，條件是必須出賽甲子園對吧。」

比賽結束後澤田就失蹤了。幾天後，他被發現溺水而死，陳屍海邊。

頓時，車內傳出強烈的腐臭味，優已沒有勇氣看向一旁的兄弟。

「是我毀了你的人生……抱歉！真的對不起！」

「你錯了。」

澤田平靜地否認，聲音中帶有咕嚕嚕的水聲。

「這不能怪你。你在二壘也看到捕手的手勢了吧？他要我投低空指叉球，但我卻自作主張投出慢速曲球，所以才會被打中。你以為我會投指叉球，才一時沒反應過來對吧？」

「但、但是，如果那時我沒有轉身的話……」

澤田搖頭。

「對方是甲子園的常勝軍，打者又是四號王牌，看球特別準。我們太天真了，自以為能制住那個打者。喔不，說得更準確一點，是我太天真了。」

「？」

「比賽過後，我馬上接到大學體育星探的聯絡，說他們不要我了。但理由不是輸球，而是我不聽捕手指令，他們不需要自以為是的球員。」

「是喔……」

巨漢隊友點點頭。

「那時你為什麼要投慢速曲球呢？」

「因為我已無法負荷。」

「咦？」

「其實我一直瞞著你……我的肩膀受了重傷，醫生說我之後沒辦法投球了，要我放棄投手夢……這在只有一個投手的鄉下球隊很常見。那場比賽我是硬撐上場的，最後之所以投慢速曲球，是因為我的手臂已無法投出指叉球。我想那位體育星探應該早就看出來了。」

「怎麼會這樣……」

「嗯。」

「混帳！」

優破口大罵。

「你為什麼沒把肩膀受傷的事告訴隊長我！」

「因為啊，」澤田小聲地說。「大家都很想進軍甲子園，只差一步就能成功了。再說，我自己也很想打進甲子園。就算大學不能繼續當投手，我也想和你們一起站在甲子園球場上。」

「可是澤田，再怎麼說……」優沮喪地垂下肩膀，「就算沒打進甲子園，你也不用自殺啊！」

「事情不是你想的那樣。」澤田苦笑，「我真的很喜歡棒球……你知道吧？我的打擊水準也在一般高中生之上。我早就有所覺悟，就算肩膀受傷沒辦法當投手，我還是可以當打擊手……」

「那到底是為什麼？」

「雖說如此，無法進軍甲子園還是令我很沮喪，所以我就到海邊散心。這就是青春啊！漫畫和電視劇的主角心情不好時不也會去海邊散步嗎？我也跟著有樣學樣。正當我望著大海發呆時……就看到這傢伙飄在海上。」

「誰？」

優不假思索地看向澤田，強烈的腐臭味消失了，有的只是滿臉笑容的澤田，以及坐在他左肩上的褐色小貓。

「牠是我朋友，剛才錄音室裡不是有貓叫聲嗎？」

「啊……」

沒錯，剛才錄音室內明明沒有貓，卻有貓叫聲和抓牆聲。

「喵太，快跟優打招呼。他可是我的好麻吉喔！」

小貓咪磨蹭澤田的臉頰，「喵」了一聲。

「這傢伙被裝在箱子裡，在海上浮浮沉沉，不知道是遭人惡作劇還是被惡意遺棄，很過分對吧？我想也沒想就跳進海裡救牠……但好笑的是，我忘記自己是旱鴨子。球場一條龍，水中一條蟲，雖說我是超水準王牌球員，卻連五公尺都游不了。」

「所以你才……」

「對，所以我才跟這傢伙一起溺死了。」

「澤田……」

優傻眼。

一個身高一百九十二公分、體重八十五公斤、跑五十公尺只要六秒、王牌投手兼四棒打者的頂尖運動員，竟然因不會游泳而喪命……

「不過話說回來，優，我其實並不眷戀人生。」

澤田一臉泰然，看來不是在說謊。

「當然我也希望自己能夠長命百歲……但我每天都認真過活，所以即使那麼年輕就死去，我也已經很滿足了。可是，唯獨一件事讓我非常後悔……」

他握住優的手，毫無溫度的冰涼觸感讓優感覺到「死亡」。

「……那就是你，優。」

「澤田……」

「優，你喜歡棒球的程度不亞於我，但卻因為自責，後來就不打棒球了對吧？輸球並不是你的錯，我的死也只是個意外……」

澤田潸然淚下。

「優，對不起，害得你這麼痛苦，真的對不起。我從之前就想跟你道歉，想跟你說對不起……」

肩上的小貓舔去澤田臉上的淚水。

「所以你才……」

「對，因為心願未了，我才一直在世間飄蕩，成了遊魂。今晚我聽到佳澄的聲音，循著聲音來到這裡，卻意外發現了你。」

澤田含淚而笑。

「傳真到節目裡真是有趣，是很好的紀念。優，今晚能再次和你說話，我真的好高興。」

「……」

「優。」

「？」

「今後你要盡情做自己喜歡的事，別再惦記著我了！我死了，而你的人生才正要開始。」

「澤田……」

「那我走囉，幫我和隊友問好。」

「等一……」

這時，有人敲了駕駛座車窗。

按下窗戶後，只見警衛一臉擔心的表情。

「鴨川，你還好嗎？在這種地方睡覺真的會感冒喔。」

「啊，對不起，我沒事。只是不小心跟朋友聊得忘了時間……」

「朋友？」

年邁的警衛緊張兮兮地往車內看去。

優轉頭看向副駕駛座，澤田已消失無蹤。

「……喔，講手機？」

警衛恍然大悟。

「啊……沒、沒錯！我剛在講手機！」

優急忙指向放在儀表板旁的智慧型手機。

「我要回家了，請不用擔心。」

警衛單手拿著手電筒走回洋房。

優關上車窗，深深窩進駕駛座中。

——澤田，你這次是真的上路了。

東方天空微微泛白，黎明即將來臨。

——澤田。

——謝謝你。

〔第三話〕

月夜之夢

「哥，老實告訴我，是你幹的好事對吧？」
洋二郎雙手撐在臺長室的辦公桌上，抬頭瞪著陽一。
「怎麼可能。」
站在窗邊的年輕哥哥用手擋住夕陽紅光，面帶微笑回答。
「這件事完全出乎我的意料之外啊，真沒想到會有阿飄到現場直播節目鬧場。我在廣播界打滾了整整三十年，這還是第一次碰到這種情況呢。」
節目第一集播出後，錄音室內仍接連出現大小靈異現象。看來被錄音室所吸引的阿飄不只澤田和小貓。
「到底是為什麼呢……不過，」洋二郎指著桌上的資料，「可以確定的是，聽眾反應非常熱烈。」
「嗯，聽眾來訊量和廣播全盛時期的深夜節目差不多，這可是我導的節目中聽眾反應最熱烈的一個呢。我覺得這比鬧鬼更驚人。」
大量網友湧進節目官方推特和臉書。
雖說其中也有一些批評的意見，例如「你們電臺真奇怪，竟然明目張膽地裝神弄鬼」。但還是以聲援居多，聽眾們都很喜歡優和佳澄這對活寶。

「嗯……無論好壞，節目大受好評是不爭的事實，就這點而言，臺長我對你們也刮目相看，不過呢……」洋二郎盯著哥哥，「哥，我很支持你們，但你如果做得太過火，我也保不了你們。」

「二郎你放心，不會有人把靈異事件當真的。」

「喂……」

看哥哥一臉不在乎的模樣，洋二郎深深嘆了一口氣。

「二郎，謝謝你，我和她都很感謝你的付出。」

洋二郎驟然抬頭，哥哥卻早已不知去向。

✦

節目開播一個月後——

在直播結束後的檢討會議上，導播陽一和兩個主持人說：「兩位，明天你們早點過來，幫我收集各種狗叫聲。」

「狗叫聲？」優歪頭沉思。

「可以是可以，你的意思是要我們去錄狗吠叫或低吼的聲音嗎？」

「對，只要是狗的聲音就可以，米克斯、吉娃娃、羅威納……無關品種，公母皆可。」

「好，我知道了，但你要狗叫聲做什麼啊？」

「我有個有趣的點子！不過現在不能告訴你們。」

陽一把玩著微鬈的劉海，一臉頑皮地說。

「真不好意思……我沒辦法離開電臺，所以外務都要拜託你們。」

「咦？」

佳澄睜大了眼睛。

「陽哥，為什麼你不能離開電臺？」

佳澄總是叫優「優哥」，叫陽一「陽哥」。

「因為我是幽靈啊，說得準確一點是『地縛靈』。我的靈魂被困在這間電臺裡，不能離開洋房一步。」

這麼恐怖的事情，從陽一口中說出來卻如春風般清爽。

一旁的優緊張得要命，擔心膽小的佳澄會有什麼反應。

——陽一哥也真是的，怎麼這麼口無遮攔，如果嚇到佳澄明天不敢來怎麼辦……

「陽……陽哥，你真的是鬼?!」

不出優所料，佳澄摀住嘴，一副不敢置信的樣子。

——看吧。

「真、真的嗎？」
「哎呦，是真的啦，好害羞喔。」
「是喔。」
佳澄放下捂著嘴的手。
「被困在這裡很不方便吧。」
優差點跌到古董桌上，佳澄的語氣就像在說「戴隱形眼鏡很不方便」一般平常。
「咦？」
「等一下！佳澄，妳也太冷靜了吧！」
優的反應反而嚇了佳澄一跳。
「咦……我怎麼了嗎？」
「什麼怎麼了……」
優瞬間啞口無言，最後終於憋不住大吼：「他是鬼！陽一哥是鬼！意思是他已經死了喔！」
「嗯……幽靈不就是這樣嗎？」
「對！也就是說，我們每天主持幽靈導播的節目，主持完還和幽靈和樂融融地開檢討會，這些超現實就是我們每天面對的現實。」

優將一直憋在心裡的疑惑全說了出來。
「哇，優說得沒錯，謝謝你幫我說明。」
陽一滿臉笑容地說。
佳澄則用疑惑的表情看著優。
「嗯嗯……優哥，你的意思是說，我應該要更驚訝是嗎？」
「那還用說！」優拍桌說道。
「好吧，那……呀！有鬼！」
「現在尖叫也太晚了吧！」
「你們兩個真是神搞笑！」
陽一笑著拍手說。
「很好很好，真是一對活寶。你們應該平時就像這樣練習吐槽跟耍笨，提升說話技巧，繼續保持、繼續保持！」
——欸，這位老兄，我們現在可是在講你的事耶！
剛才因惱羞成怒而吼了佳澄的優，其實也常在心中吐槽陽一。
「話說回來，優哥，」佳澄難得用責備的眼神看優，「活人跟死人都是人，我們不可以歧視他們。」
「硬要說的話是這樣沒錯啦……」

優感到一股無力感。錄第一集時，佳澄也說過同樣的話。
「不過佳澄，雖說都是人，妳不覺得是活是死『非常』重要嗎?!」
「不覺得耶。沒什麼差別呀，陽哥你說是吧？」
「算是吧。」陽一頷首。
「我一點都不怕陽哥喔。」鮑伯頭美少女低頭說。
鬈毛美男飄露出微笑。
「佳澄，謝謝妳。我認為重點不在做節目的是人是鬼，而是節目本身有不有趣。」
「贊成！我會努力讓節目更有趣的！」
——這兩人在說什麼鬼……
優抱頭。
「我本來以為佳澄妳只是個天真的孩子……喔不，妳確實很天真，而且還擁有神仙般的廣闊心胸。」
「那當然，因為人家真的是神仙嘛。」
「啊？」
優瞠目看著佳澄。該不會這家電臺不只有鬼，還有神明吧？
「不是有很多聽眾都會叫佳澄電波女神、電臺精靈嗎？她是在說那個啦！」

陽一笑著補充道。

「什麼嘛，原來只是比喻。」

「是啊，但這一點非常重要。」陽一凝視著佳澄因害羞而低垂的雙眸，「佳澄就是佳澄，今後也無須改變。」

「？」

「雖說妳是為了有所蛻變才來應徵主持人，但我認為妳有妳的優點，無須特別改變什麼想法，只要繼續保持單純坦率的心即可。聽眾和我最喜歡看妳做自己。」

「做自己？」

「沒錯。無論是節目上還是私底下，妳想說什麼就盡量說。這裡允許妳那麼做，懂嗎？」

「……是。」

佳澄抬起臉，用力點了點頭。

看見女孩認真的表情，優不禁暗自感動佳澄真的長大了。同時他也試著將陽一的話套用在自己身上。

——做自己……我真正的想法是什麼呢？

自優調到廣播部後，就一直在思考這個問題。播音課課長說得沒錯，雖說個性認真是我的長處，但就在節目中的存在感而言，我明顯比佳澄遜色。

那麼，陽一又是抱著什麼心情做節目的呢？

想必他一定對廣播抱有高度熱情，才會死後仍留在這工作。

「總之，你們兩個明天就一起去錄狗叫聲吧，不可以吵架喔，萬事拜託囉！」

不知道是不是看出優的心情鬱悶，陽一笑著說道。

✦

隔天下午——

優和佳澄先是在山腳下的住宅區錄了數種狗叫聲，隨後便前往離電臺車程約五分鐘的海峰山公園。

「如果要錄狗叫聲，我倒是有一隻特別在意的狗。」聽到佳澄這麼說，優便將錄音器材搬上輕型廂型車，開車前往佳澄說的公園。

這是優第一次開自家車載女生，所以早上特地把好久沒洗的車子洗得亮晶晶，還將內部打掃了一番，用膠帶將車內毛髮黏乾淨。

車程中兩人打開車窗，一股初夏特有的青草香撲鼻而來。

優透過後照鏡看著坐在副駕駛座的佳澄。

雖說佳澄拿掉眼鏡、剪了劉海後搖身一變，成了時尚正妹，美得像尊陶瓷娃娃。但也許是因為她五官太過端正，彷彿不屬於這個世間，所以優並沒有對她動心。但可以確定的是，佳澄無論外表還是性格都異於常人。

運動社團出身的優本來就不擅長和女性相處。能不覺得工作夥伴是「異性」，對他而言反而是件好事。

車內收音機正在播放葵主持的午間綜合節目，午後的悠閒氣氛配上葵侃侃而談的清晰口條，令人身心舒暢。

身為葵粉，佳澄一路上非常專心地聽廣播，優只有在歌曲播放時間才能和她說話。

「佳澄。」

「有。」

「妳常去公園嗎？」

「我之前常常去，不過……最近公園的小孩變少了，我也就比較少去了。」

「小孩變少了？怎麼了？有差嗎？」

「啊……」

優不用看也知道，佳澄一定愣住了。

「不是啦，嗯，呃，我是說，我小時候常常去公園玩啦，沒、沒什麼啦！」

「嗯？」

「真的沒什麼啦，我只是很喜歡公園而已，沒、沒什麼啦！」

佳澄慌得不斷重複強調「沒什麼」，根本就是此地無銀三百兩。

——算了，她應該只是單純喜歡小孩子吧。

這有什麼好隱瞞的？很多女生都喜歡小孩啊，佳澄何必這麼慌張？不過她這種詭異的行為也不是第一次了，因此優並沒有特別在意。

車子駛進海峰山公園。

該處是市內有名的賞櫻景點，不過這個時間櫻花早已落盡，枝頭長滿嫩綠的新葉。

海峰山公園位於山坡上，建地廣大，內部除了設有兒童遊樂設施的大片草原，還有棒球場、網球場、跑道等運動設施。優將車停在公園下方大型停車場內，來時裡頭已停了數輛車。

「我去看看狗狗在不在！」

佳澄立刻跳下車，一溜煙地爬上樓梯。她今天穿得一身黑，黑色襯衫黑喇叭裙配上黑色內搭褲。葵曾在節目中說自己最近喜歡穿黑色衣服，看來佳澄是被她這句話燒到了。

「優哥，這邊！」

佳澄邊跑邊向優揮手。

「知道了，我等等就追上去……」

優打開後車廂，對著佳澄的背影喊道：

「不要跌倒喔！」

「沒問題！」

才剛說完，佳澄就馬上絆到最上階的樓梯。值得慶幸的是她沒有跌倒。她像跳欄選手般穩住前傾的身體，最後消失在樓梯頂端。

話說回來，佳澄雖然常因近視而失足，但每次都是有驚無險，從未真正跌倒過。看來她雖然冒冒失失的，平衡感卻出乎意料地好。

「這孩子真有趣。」

其實優沒發現，佳澄只有在他面前才如此自在；他也沒發現，佳澄買新衣服時總是第一個穿給他看。

沐浴在初夏的陽光下，優哼著最近愛上的日本流行新歌，從包包中取出陽一昨晚交給他的錄音器材。

那是俗稱「傳助」的盤式手提肩背錄音機。

雖說可手提，但重量卻不輕。光是金屬製的灰色機身就重達四公斤以上，再加上八顆乾電池、盤式錄音帶、金屬製麥克風和接線、耳機等物品，重量不可小覷。

傳助已是四十年前的老古董，但陽一認為它音質清晰，能錄到一般數位錄音機錄不到的聲音。

用數位錄音機錄不到的聲音？那是什麼樣的聲音？優總覺得有些在意了起來……

「一、二、三！哇……好重！」

優背上黑色背帶，將有如巨大便當盒般的鋼鐵機身抱在懷中，小心翼翼地走上樓梯。畢竟這是公司僅存一台的寶物，可千萬不能摔到地上。

海峰山比電臺的海拔更高，是著名的觀星賞夜景地點。緊倚深水港灣的廣闊街景是這座城鎮的觀光資源，每上一階樓梯，腳下的風景角度就會跟著產生變化。

「優哥，這邊這邊！」佳澄在公園的正門前大喊。

一隻淺棕色的大型犬躺臥在佳澄的腳邊。牠的身上沒有牽繩，項圈外綁了一條紅色領巾，領巾上別著一個新月形狀的銀色別針。

「就是這隻狗狗。」

「是黃金獵犬耶。」

狗狗看著優，意興闌珊地搖了幾下尾巴。按照常理來說，親近人的黃金獵犬應該對誰都是笑容滿面的，但眼前這隻狗卻散發著些許落寞的氣息。

「我之前來的時候，聽到牠一直發出嗚嗚的哭聲，總覺得很在意。」

這麼說來，牠現在口中也唸唸有詞。

「咦？」

「怎麼了？」

「牠的領巾裡有牽繩。」

「真的耶，可是斷掉了。」

牽繩約在離項圈十公分處有扯斷過的痕跡，看起來不像是用刀具切斷的。

「感覺是牠自己咬斷的。」

「是啊……」

「牠看起來不是會亂跑的狗，應該是從哪裡逃出來的吧？佳澄，妳有見過牠的飼主嗎？」

「沒有耶，每次看到牠都是一個人。」

兩人說話時，狗狗仍不斷發出低沉悲鳴。

「算了，總之先打開傳助吧。」

「好哇！……不過，打開傳助幹嘛？」

「錄音啊。」

優說完便蹲下插入耳機，用麥克風對著狗狗收音。

雖說小型盤式錄音帶只能錄音七分鐘，但也已足夠。

優按下紅色待機按鈕，拉下黑色播放把手開始錄音。傳助發出「喀鏘」一大聲，磁頭接上磁條，圓形帶盤開始轉動。

看到如此古老的機器竟能完成「錄音」這種數位作業，優不禁由衷佩服起傳助的開發者。他一定具有非凡的想像力，否則在那個科技不發達、沒有電腦的年代，怎麼可能做到這樣的技術。

錄音成功，耳機傳來清楚的狗叫聲。

聽著聽著，優發現這隻狗狗的低鳴似乎具有規則性。

✦

「辛苦了！」

兩人回到電臺時天色已沉，陽一一如往常用笑臉迎接他們。

「你們有錄到不錯的狗叫聲嗎？我已經準備好囉，走，我們去一號控制室。」

走進三樓的一號控制室，陽一已經將大型開放式磁盤機接上筆記型電腦了。

「陽哥，這是什麼啊？要做什麼的？」

佳澄滿心好奇地問道。

「先別急。」

陽一笑盈盈地搖搖手。

「優，把錄好的錄音帶裝進帶盤。」

「好。」

將二點五英寸的薄盤錄音帶裝進帶盤需要點技巧。要比喻的話就像翻花繩，有些地方要拉，有些地方要掛，有些地方則要閃避。因不太熟練，優費了一番工夫才將錄音帶裝好。

「好，我來跟你們說明一下。」
陽一煞有其事地清了清喉嚨。
「你們知道狗語翻譯機嗎？」
「我記得，好像有一種玩具能分析狗的聲波，將狗語翻成人話。」
該商品曾在優小時候引發一股風潮，最近還被改良成智慧型手機的ＡＰＰ。
「好厲害喔！竟然有這種機器！」
看來佳澄不知道有這種東西，一雙大眼閃閃發光。
「陽哥，人類真的好厲害喔！」
「被妳這麼一說，好像真的有點偉大耶。」
陽一笑咪咪地按下筆記型電腦開機鍵。
「我從狗語翻譯機得到靈感，從幾年前開始在空閒時設計『狗語翻譯程式』，昨天終於寫出來了。」
這次換優大吃一驚。
「陽一哥你會寫程式？」
「會啊，我大學是唸理工的。剛進公司是當工程師，後來才調到製作課。我最喜歡玩機械跟寫程式了。」

沒想到幽靈導播蓮池陽一竟有如此令人意外的一面。

「意思是說，只要透過這個程式就能知道狗狗在說什麼了？」

佳澄地迫不及待說。

「沒錯。而且啊，因為我是阿飄，所以我寫的程式會有些特別。至於哪裡特別……呃，你們根本沒有在聽嘛。」

優盯著螢幕目不轉睛，佳澄則踮著腳尖依偎在優的身上。看到他們如此反應，陽一真是哭笑不得。

「你們看電腦螢幕。」

螢幕上出現左右兩個藍色畫面。

「左邊是聲波的波形，右邊是翻譯。」

佳澄從包包拿出黑框眼鏡戴上，央求道：「陽哥，快點翻譯，快點快點！」

自從當上節目助理主持人後，佳澄已鮮少戴眼鏡。可見她有多在意翻譯結果。

「好好好，那就先翻譯你們錄到的狗叫聲。你們有幫狗拍照嗎？」

優打開手機中的狗照片給陽一看。

「是柴犬啊？看起來是男生，應該是五歲左右吧？」

陽一呢喃道，隨後將資料輸入筆記型電腦。光看照片就知道狗的性別和年齡，這應該是幽靈的特殊能力吧。看到幽靈打電腦的模樣，優不禁感到天旋地轉。

「……讓你們久等了，各．位．觀．眾！」

陽一按下播放鍵，機器發出「喀鏘」巨響後，帶盤開始轉動。喇叭傳出狗嗚嗚叫的聲音，電腦螢幕左側出現藍色波形。

「啊，波形出來了！」

「翻譯要花點時間，耐心等一下。」

三人屏氣凝神守在螢幕前，不一會兒，螢幕上跑出「飯」、「沒有」、「想吃」幾個字。

「好厲害喔！」

佳澄高興得又跳又拍手。

螢幕上不斷出現「飯」、「沒有」、「想吃」。

「嗯，不過，這到底是什麼意思啊？」

佳澄歪著頭。

「佳澄，怎麼啦？」

「該怎麼說呢，總覺得很像忍者的暗號。」

「是啊，雖說成功翻譯出來了，但果然不出我所料。」

陽一雙手抱胸說。

「陽一哥，什麼意思？」

「嗯，當初在寫程式的時候我就想過，狗跟人不一樣，狗語沒有文法，就算狗有想法，翻譯出來很有可能都是單字。我的猜測是對的，也就是說，我們必須發揮想像力，串連這些單字，填補空白。不過，像這種簡單的內容應該沒問題啦。」

「陽哥。」

佳澄一臉嚴肅。

「什麼事？」

「請你幫我翻譯這隻狗狗說的話。」

「這一隻。」

優給陽一看手機裡的照片。

「黃金獵犬，女生，十歲。」

「這隻狗狗一直悲傷地嗚嗚叫，好像有什麼話想說。」

「是喔。翻好了！」

陽一和剛才一樣，輸入資料、播放狗叫聲，隨後螢幕上不斷出現

「月」、「河」幾個字。
「嗯。月、河……」
「是什麼意思啊？」
「陽哥……」
佳澄用求救的眼神抬頭看著陽一。
「嗯，『月』應該是指夜空中的『月亮』吧？『河』就有點難了，不知道是『河流』，還是『銀河』……優，你覺得呢？」
「我覺得都有可能。不過，為什麼會說月亮呢？一般來說，狗應該對月亮沒什麼興趣吧？」
「不，從遠古時代開始，狼、狗都是在月夜嗥叫。野生動物對月亮的陰晴圓缺要比人類敏感許多。」
「原來如此。那，『河』呢？」
「到底是哪個『河』呢……是說牠喜歡去河邊玩嗎？還是充滿星星的銀河呢……」
陽一和優兩人撐著下巴歪頭思考。
「啊，陽哥，優哥！」
佳澄興奮地指著螢幕。

「開始出現其他字了！」

螢幕反覆跳出「虹」、「另一頭」、「等待」、「遠方」幾個字眼。

「這根本就是腦筋急轉彎嘛！越來越難了。這隻狗是真的有話要說呢？還是只是在重複飼主常講的話？嗯……」

「我有話想說。」

優舉起右手。

「幫這隻狗錄音時，我就在想……」

✦

四小時後的午夜十二點——

《午夜☆廣播站》開播。

節目一開始，優和佳澄馬上聊起黃金獵犬的事。沒多久，節目官方推特立刻湧進大批網友。

『我有看過那隻狗』、『海峰山公園是愛狗人士的聚集地』、『紅色領巾和別針超美的』、『那隻狗每天都在公園裡』、『之前我看過牠跟飼主在一起』、『好想磨蹭牠喔』、『那隻狗叫做小月，牠的主人阿姨跟我說的』、『感覺好像忠犬八公』、『好感動喔，我要哭了』……

該話題吸引大批聽眾在推特上熱烈討論，資訊之快速、正確讓優和佳澄瞠目結舌。

「優哥，這隻狗狗好像很有名耶。」

佳澄感嘆道。為了看清楚螢幕上的字，她再度變回眼鏡妹。

「而且還有人知道牠的名字。」

「小月！」

「推特真是太神了。」

『優，提醒聽眾不要洩漏個人資料。』

陽一透過耳機對優下指示。

「對了，各位聽眾，為避免洩漏個人資料，請各位不要將飼主姓名公佈在推特上。謝謝你們的推文！」

「謝謝大家！」

『可以進入主題了。』

優向陽一點點頭，隨後用眼神向坐在對面的眼鏡美少女示意。

「佳澄。」

「優哥，什麼事？」

「這隻狗嘴裡一直唸唸有詞，我很想知道牠到底在說什麼？」

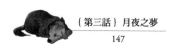

「我也想知道！」

「所以呢，登登！」

優拿出已和磁盤機連線的筆電放在桌上，輕輕敲了兩下。

「難、難道是……」

按兩人事先講好的，佳澄故作驚訝。

「這台小電腦裡有能夠翻譯狗語的最新神奇程式！」

此言一出，立刻在推特上被嘘爆。

『拜託，那之前就有了好嗎？』、『啊不就Bowxxgual[3]』、『是致敬款嗎？』、『狗語致敬機』……

「哇，推特嘘文好有創意喔。」

優苦笑。

「這個程式是本節目的導播耗費數年獨自開發而成的，絕對原汁原味，不是超夯的某牌狗語翻譯機喔。」

「順道一提，該程式內容是不可告人的秘密！」

「好了佳澄，我們來試試看吧！」

「上吧！優哥！」

兩人齊聲說：「啟動！」

「那麼，我們先播放今天錄到的狗叫聲。」
「也就是小月。」
節目播出小月的哭聲。
「優哥，小月似乎很悲傷呢。」
電腦螢幕跑出小月叫聲的波形。
「是啊。喔！佳澄，翻譯出來了。」
「好快喔！」
「快！佳澄，快唸給大家聽。」
佳澄從優手中接過筆電。
「好！螢幕上寫著月、河、虹、另一頭、等待、遠方……接著又反覆出現同樣的字。」
「哇！各位聽眾，翻譯大成功！」
「耶！」
兩人拍手叫好。
推特上也陸續出現『強者』、『真的能翻譯狗語啊？』、『比

3. Bowxxxgual：正確品牌名為「Bow Lingual」，一般都用英文稱呼或直接叫「狗語翻譯機」。

Bowxxxgual還厲害耶』、『小月到底想講什麼啊？』、『沒辦法，牠是狗嘛』、『誰快用Bow Lingual確認它有沒有翻對w』等推文。

「……不過，優哥，能夠翻譯狗語是很厲害……但這些詞之間都沒有連貫耶。」

「是啊。據該程式的開發者表示，因為狗語沒有文法，直譯就會變成『單字的排列』。」

「原來如此，就某層意義而言可信度滿高的呢。可是我總覺得，這隻狗狗應該真的有話想說。月、河、虹……嗯嗯嗯？」

「其・實・啊……佳澄！」

優故弄玄虛地說。

「優哥，你怎麼突然變得那麼做作？」

「我發現了一件事。」

「一件事？」

眼鏡美少女將身體大幅向前傾。事實上，這一切都是事前套好的，雖說聽眾看不到室內，但配上動作演起來比較真實嘛！

「我想，這應該是歌詞。」

「欸？歌詞？」

「沒錯。」
「你的意思是，小月在唱歌？」
「是的。」
「如果牠真是在唱歌的話就太厲害了……不過，優哥，牠到底在唱哪首歌啊？」
「各位聽眾猜到了嗎？」
「竟然故意吊我胃口！」
「各位可以猜猜看。提示就是一開始的兩個字，『月』跟『河』。」
「好像猜謎節目喔！」
「抱歉，猜對也沒有獎品。」
佳澄將推特上出現的許多歌名一一唸給優聽。
「好多喔……優哥，有人猜對了嗎？」
「……很可惜，沒有！」
「哎呦，急死人了，快告訴我答案啦。」
佳澄邊抓桌子邊懇求道。
「我要公佈囉！答案就是……」
「答案就是！」

優等待陽一的手勢，停一拍後開口。

「是一九六一年上映的美國電影《第凡內早餐》（Breakfast at Tiffany's）的劇中歌曲——〈月河〉（Moon River）。」

背景音樂開始播放〈月河〉。

「搞了半天竟然是西洋歌曲啊。原來是〈月河〉，Moon River。」

佳澄驚呼。

「小月好厲害喔！」

推特上也出現『哇塞』、『原來如此！』、『強者狗語翻譯機！』等評語。

「不過……」

佳澄歪著頭。

「難道小月還會翻譯英文？」

「嗯，這我就不知道了。」

優雙手抱胸，抬頭望著天花板。

關於這點仍是個謎。然而，螢幕上出現譯文卻是不爭的事實。

「會不會是，狗的世界根本沒分什麼英文日文呢？」

「有道理！」

女孩雙瞳閃耀著光芒。
「……佳澄，警犬訓練時，都是用英文不是嗎？聽到『ＧＯ！』、『ＳＴＡＹ！』，警犬都能依指示行動。我想無論是用哪國語言，只要飼主好好教，狗都能夠理解吧。」
優覺得自己的推論很有道理。
但這個推論用在小月身上，似乎有點牽強。
「嗯嗯……可是，優哥。」
佳澄稍微放低聲調。
「怎麼了？」
「我有新的疑問……為什麼小月要唱〈月河〉？」
「喔，佳澄妳的觀察力很敏銳喔！」
「嘻嘻。」
雖說是套好的對話，但看到佳澄被稱讚後露出令人融化的微笑，還是讓優眼睛不知道放哪裡。
「佳澄，還有收音機前的聽眾朋友，狗狗的叫聲還有後續。」
隨著奧黛麗．赫本（Audrey Kathleen Hepburn-Ruston）的歌聲淡出，節目再次播放狗的嗚咽聲。

「優哥……這段叫聲似乎比剛才的更淒涼呢。」

「佳澄，請妳唸螢幕上的譯文。」

「好……」

這段譯文內容只有導播陽一看過，優和佳澄都不知情。當時陽一說：「如果知道全部內容，直播時就不好玩了。」隨後便獨自操作翻譯程式。

佳澄再度戴上眼鏡，朗誦螢幕上的譯文。

「……小月、來、奶奶、抱抱、最喜歡、奶奶、生病、醫院、分離……掰掰、掰掰、掰掰……」

唸到一半，因為女孩突然抽噎起來，優趕緊接話。

「謝謝妳，佳澄。看完這段翻譯，我們可以知道聽眾提供的資訊是正確的，這隻狗狗真的叫作小月，而牠的飼主奶奶因病住院，大概……已經無法出院了……」

眼前的佳澄已哭成淚人兒。

「佳澄，加油，把它唸完。」

「是……」

佳澄啜泣著回答。

「小月的、別針、奶奶的、寶物、別針、以前、拿到的、月、晚上、深愛的人、想念、公園、一直、等待、一直、不來、生病、分離、已經、不能去、見不到、月、河、虹、另一邊、等待、遠方……」

「從這些譯文來看……」

優在腦中將這些字詞重組一遍，緩緩開口。這些都是完全沒有排練過的內容。

「比方說，會不會是這樣呢？別在小月脖子上的別針是奶奶的寶物，是一個重要的人從前在月夜給奶奶的。奶奶很想念那個人，這幾十年來，奶奶很有可能一直在公園等他。但奶奶生病住院了，再也無法去等他了……」

「優哥。」

佳澄帶著哭聲喚道。

「所以小月才代替奶奶到公園等那個人，是嗎？」

「啊……」

優被小月的堅強勇氣感動得說不出話來。

——怎麼辦？該怎麼收拾這個場面？

優用眼神向隔音玻璃後方的陽一求救。

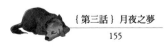

『你只要說出心裡話即可。』陽一按下對講機，這麼說道。

優深深嘆了口氣後開口。

「收音機的聽眾們，如果這段譯文可信……又真如我和佳澄猜測的一樣。也許你會覺得荒唐，覺得可笑……但是，如果這一切是真的，我們能為她們做些什麼呢？我們該如何幫助她們呢？」

優閉上眼睛繼續說。

「我想為小月做些什麼。可以的話，我想要幫助小月見到奶奶等待的、對她來說很重要的人，但卻沒有方法。」

坐在對面的佳澄也用力點頭。

「現在我們只知道……那個人曾在月夜，在海峰山公園交給飼主奶奶一個別針，而現在這個別針就別在小月身上。今天我在公園看到，那是新月形狀的銀色別針。再來就是〈月河〉，這首歌是電影《第凡內早餐》的主題曲，五十年前在日本上映時大受歡迎。也許那時奶奶曾和那個人一同唱過這首歌……」

陽一朝著優大幅揮手。

『進音樂。』

「為您再次播放這首曲子——奧黛麗．赫本的〈月河〉。」

優和佳澄關掉麥克風。

陽一推開堅固的鐵門，進入錄音室。雖說身為一個幽靈，他應該可以直接穿牆，但平時陽一卻鮮少做出這類「幽靈般的行為」。

「你們兩個表現得很好，曲子播完後就直接進廣……」

陽一話還沒說完，錄音室的燈就滅了。

「呀?!」

佳澄輕呼了一聲。幸好麥克風是關著的，聽眾聽不到。距離上一次突然停電已是一個月前錄第一集的時候了。

「是路過的遊魂嗎？」

「不……應該不是。」

優呢喃。

——照這個氣氛來看，應該不是澤田。

更何況，澤田已經不在這個世上了。

在〈月河〉作背景音樂的陪襯下，天花板泛著盈盈藍光。該不會又是靈異傳真吧？

好不容易等到傳完，陽一一把接住飄到一半的紙張。

他迅速看完後只說了一句話：「是本人傳來的。」

「本人？是那個對奶奶而言很重要的人嗎？」

優激動地說。

「沒錯。」

陽一平靜地回答。

「意思是、意思是，陽哥！那個人已經……」

佳澄欲言又止。

讓錄音室停電，從天花板傳來手寫傳真，能做到這些的只有……

「很遺憾，妳想得沒錯。」

「怎麼會這樣……」

佳澄放聲大哭。

「優，」陽一將傳真交給優，「廣告結束後，由你來唸。但不要說錄音室停電的事，也不要說這張傳真是從天花板上掉下來的，只當是普通的聽眾來訊，知道嗎？」

「……好。」

廣告結束，節目音樂響起。

因看不見陽一的手勢，優只能自己讀秒，計算開口的時機。

「各位收音機前的聽眾朋友……你們聽了不要嚇到，不，我想你們一定會嚇到。就在剛剛我們節目收到一封傳真，現在我就拿著這封傳真，雙手顫抖不已。」

「優哥，是誰傳來的？」

佳澄用帶點哭腔的聲音插話問道。

「這封信，是小月飼主非常想念的那位男性傳來的。」

深呼吸後，優看向手上的紙張。

室內一片黑暗，幸好Ａ４傳真紙整體發出幽幽藍光，優才能看清楚上面工整的字體。

「說來真巧……難得打開收音機，竟聽到節目正在談論我的舊事，真是令我大吃一驚。沒錯，那是五十年前的事了。當時很多情侶都會在月夜的海峰山公園合唱〈月河〉，但若說到送女友新月別針的可惡男人，大概就只有我了。」

優再次做了一個深呼吸。

「……說來慚愧，因為某些原因，那之後我就無法去見她了。沒想到這五十年來她一直在等我，但既然現在知道了，我會去醫院探望她，也會去見那隻在公園的堅強狗狗。謝謝貴節目談起這件事，衷心感謝。」

讀畢的那一瞬間，錄音室燈亮起，優手上的傳真也消失得無影無蹤。

✦

當天黎明——

在市內一間大醫院的加護病房裡，一位老婆婆正面臨她人生的最後一刻。

她的意識清楚，全身插滿管子，茫茫然地仰望著天花板。

——我就要死了吧。

她知道，自己已走到生命的盡頭。

治療的過程是痛苦的，然而真正面臨死亡時，心情卻平靜得令人不可置信。

——這也許是老天爺在最後一刻賜給我的禮物吧。

既沒有結婚，也沒有兄弟姐妹，可說是無牽無掛。她唯有一個心願，那就是希望能在死前見愛犬小月一面。但這裡是醫院，看來是無法成真了。

——還好親切的鄰居一家人肯收養小月……

這時，有人握住她露在棉被外的左手。

——咦？

那是毫無溫度、冷冰冰的手。
「好久不見！」
穿著純白高領毛衣的年輕男子，一臉微笑地看著她。
「親愛的！」
「對不起，我遲到了。」
年輕男子拿掉老婆婆的氧氣罩，攙扶她坐起身。不可思議的是，老婆婆並未因此感到痛苦。
「為什麼……」
老婆婆潸然淚下。
「為什麼你不早點來？你不是說你會來接我嗎？」
「對不起。」
男子深深鞠躬。
「那晚向妳求婚後……我就到外縣市去了。我想要盡快籌備結婚資金，所以不分晝夜地工作賺錢。對不起一直瞞著妳，但當時的我認為，是男人就應該要苦幹實幹，而不是出一張嘴。現在回頭想想，真是錯得離譜……後來我在一次工地事故中被活埋而死。但是，沒有人發現我死了……大家都以為我只是失蹤。」

「怎麼會這樣……」

老婆婆雙手掩口。

「你竟然遇到這樣的災難……」

「但是，我終於見到妳了。只要見到妳，我這五十年也就值得了。」

年輕男子溫柔地撫摸老婆婆的髮絲。

「別摸……」

老婆婆下意識地揮開男子的手。

「你還維持著當時的模樣，而我，卻已經是個老太婆了……」

「不要緊的，妳也是當時的模樣喔。」

「咦？」

月光自窗簾縫隙射進病房，照亮她的臉龐。她看向牆壁上的鏡子，上頭映著臉上毫無皺紋的年輕女孩。她不禁伸手摸了摸自己的臉頰，皮膚晶瑩剔透，彷彿吹彈可破。

「跟我走吧。」

「咦？什麼？」

他牽起她的手，將她拉下床。

「去哪裡？」

男子輕輕拉開窗簾，滿月的光芒灑滿了整間病房。

「今晚是滿月，和那晚一樣。我們一起渡過月河，去見那隻別著新月別針的狗狗。」

「你知道小月？」

她驚呼道。

「何止知道。就是妳那隻忠心耿耿的愛犬把我呼喚到這裡的……我們走吧！」

隨著男子的呼喚，兩人輕飄飄地飛了起來，穿過窗戶，消失在夜空之中。

病房內留下一具老婆婆的軀殼，臉上淨是安詳。

✦

翌日傍晚——

正當優在電臺一樓大廳看報紙時，佳澄哭著向他跑來。

「優哥！」

「佳澄，妳怎麼了?!」

最近佳澄開始跟葵學化妝，她哭得妝都花了。

「……有聽眾寄電子郵件來說……小月、小月被抓到收容所了！」

「真假？為什麼……」

「好像是有人聽了昨天的節目後，就打電話跟收容所舉報海峰山公園裡有一隻大狗，請捕狗隊去抓……」

「怎麼會這樣……這麼說來，是我們節目害的囉？」

這消息實在太令人沮喪了，世上並非所有人都像優和佳澄一樣喜歡動物。優的眼前陷入一片黑暗，真是給自己找麻煩。

「……沒想到事情會變成這樣。不行，不能坐視不管！我要馬上去趟收容所。」

「你打算怎麼做？」

優將報紙掛回大廳的報架，回答道：「總之先把小月領出來，否則牠會被安樂死。雖然我們公寓規定不能養狗……但現在沒時間想那麼多了，先做再說。」

「我也要去！」

佳澄邊擦眼淚邊說。

「我載妳！」

「喂。」

正當兩人要衝出大門時，遠方傳來蓮池臺長的呼喚聲。

「你們兩個急著要去哪裡？」

臺長腳邊坐著一隻綁著紅色領巾的黃金獵犬。

「臺、臺長?!」

「那隻狗狗是？」

看到他們兩個驚訝的反應，臺長滿意地笑道：「別看我這樣，我對狗很感興趣……從以前就想養一隻看看。如何?這隻狗很適合當我們電臺的吉祥物吧？」

小月滿面笑容，悠然搖著尾巴。

第四話

球賽開始

優目不轉睛盯著場上投手的一舉一動。

「投手同意捕手的暗號了，雙手舉高，抬起右腳，投出第一球！是外角球，啊，球被打出去了！球往一壘，喔不，球進右外野！右外野手往旁邊移動，不，是往右跑……球在右外野手前落地形成安打！跑者……」

抬頭望天，梅雨季的天空佈滿了厚厚的烏雲，不過雨並未下下來。雖說有些悶熱，但看這情況，比賽結束前應該都不會下雨。

「爛死了……我的播報完全跟不上比賽進行的速度。」

優看著膝上攤開的計分表，用紅筆畫上代表「外野手前落地安打」的斜線。棒球計分時，通常將「一般比賽」標示成黑色，「安打」、「全壘打」為紅色，「四壞球」、「犧牲打」為藍色。

自那天見到高中隊友澤田後，優就開始練習播報賽事，立志成為體育主播。因平日只要晚間八點進公司即可，所以他每天都能帶著計分表去看球，坐在觀眾席一隅練習實況轉播。

優打開水壺，啜飲了一口運動飲料。悶熱的天氣人容易口渴，但喝太多水又會頻頻跑廁所。他曾聽一位專門轉播體育賽事的前輩說過，控制上廁所的次數也是體育主播的功課之一。

優今天看的，是在海峰山公園棒球場舉辦，夏季高中棒球縣級比賽的市鎮聯盟預選賽。

這是市鎮聯盟的第一場預選賽，加上上場的不是種子球隊，可容納兩千人的球場內只有寥寥幾個觀眾。這可是練習實況轉播的大好機會。為了避人耳目，優特地坐在右外野席的最上方。

前方是位於一壘側邊的球員休息區，幾個穿著白色隊服的選手正拿著黃色擴音機幫隊友加油，其中包括三名板凳球員。這支隊伍規模不大，既沒有特色，實力又平平，但以內野為中心的防守組合還算不錯。小歸小，但看得出來他們練習非常用心，整體也很團結。

而坐在三壘側邊的隊伍則是出戰過甲子園的強隊。雖說這次並未入選種子球隊，但也是縣賽前四名的常勝軍。從遠方看去，仍能清楚看見隊員個個身強體壯，身高幾乎都在一米八上下。

因兩隊實力懸殊，本以為比賽會呈現一面倒，沒想到卻意外地有看頭。一壘側邊隊伍的捕手打的是腦力戰，每一球都緊緊把關，直到二局下半仍未失分。

再這樣「零分」下去，強隊可就要當心了，甚至可能就此翻不了身，畢竟棒球講究的是心理戰。

就播報技巧而言，優目前仍無法掌握比賽的精髓，也無法就場上輕重緩急做描述。用棒球比賽來比喻的話，就像連接球和揮棒都「零零落落」的超級菜鳥。

優將原子筆插入短袖襯衫胸前口袋，繼續練習實況轉播。目前攻方為一壘側邊隊伍。

「下一位打者進入右方打擊區了。三局上半，兩隊都尚未得分，零出局，一壘有人。捕手就定位。投出第一球！打出……不，是低空內角球，打者揮棒落空，好球！呼……」

優在計分表畫上代表好球的圓圈記號。

「我轉播的速度還是太慢了……」

體育主播界常將播報速度追不上比賽進度的人戲稱為「趕進度主播」或是「解說員」。

一位前輩曾笑著說：「人家都打完了你還沒講完，像這種『解說式實況轉播』，連普通大學生也做得到。」

話雖如此，要做到「同步播報」需要高難度技巧。事實上，每家電視臺都有不少「趕進度主播」。也有業界人士認為，只有體育主播才會那麼在意自己是不是在「趕進度」。

不過，優並未因此而掉以輕心。既然都立志要當體育主播了，要做就做到最好。
然而，距開始練習轉播已過了一個月以上，播報技術卻毫無進展。
「不好意思……」
背後突如其來的男聲，把優嚇得從藍色塑膠鋪墊一躍而起。
一個身穿深藍西裝、頭戴棒球帽、表情柔和的中年男子站在優的左方，盯著計分表看。
「你是播報員？日本廣播協會的人？」
「啊……不是，我是民營廣播電視臺的……」
「是喔。抱歉嚇到你了。我本想早點跟你搭話的，可是看你轉播得好認真，不好意思打擾你。你是在練習嗎？」
「是、是啊。」
看來自己太沉浸在練習中了，竟沒發現旁邊有人。
「你竟然一個人自動自發練習轉播啊，真了不起。」
「您過獎了……我從開始練習到現在一點進步也沒有。請問您是球隊相關人員嗎？」
「沒錯。」
男性脫下帽子向優行禮。

「我之前是現在進攻隊伍的教練，不過今年春天退任了。我可以坐你旁邊嗎？」

「可、可以，請坐……」

優真想找個地洞鑽下去。

自己之所以選擇外野席的最後一排，就是為了不要在別人面前丟人現眼。沒想到竟被這個前教練聽到，真是丟臉丟大了。

「雖然我這個外行人沒資格說三道四，但聽你的轉播我發現一件事，你願意聽嗎？」

「請務必告訴我！」

優瞬間將羞恥的情緒拋諸腦後。

「那個啊，你的轉播，你叫……？」

「我姓鴨川。」

「鴨川先生，我覺得你最大的問題，就出在那句『投出第一球』太慢了。」

「是嗎？『投出第一球』啊……」

前教練點點頭。

「你在說完『投出第一球』後，球就已經被手套接住了。」

「啊……」

「所以之後才會一直在『趕進度』。」

他說得沒錯。

「鴨川先生，你知道投手丘距離捕手多遠嗎？」

「嗯……六十呎六吋，也就是十八公尺又四十四公分。」

「正確答案！你好內行喔。」

男性有些驚訝。

「我高中時也打棒球。」

「原來如此。你打什麼位置？」

「二壘手。」

「防守要角啊，那你應該很習慣動腦看球囉。有打入甲子園嗎？」

「沒有……」

優欲言又止。

「那我倆同病相憐。」

前教練笑著拍了拍優的肩膀。

「那麼鴨川播報員，我再問你，十八公尺又四十四公分，時速一百三十公里的直球多久可以到？」

優高中時也做過這種計算練習。

「約零點五秒。」

「沒錯。也就是說，如果你能在投手舉球的那一瞬間立刻說『投出去了』，在球投到本壘這段期間就多出了半秒的『空白』可以說話，之後就不會這麼趕了。如何？」

「原來如此！」

優的眼睛一亮。真不愧是四月前仍在當高中棒球教練的人，見解就是與眾不同！這或許能對他的轉播大有幫助。

「我可以照你說的試試看嗎？」

「請便。」

兩人講話時，場內已成一出局、二壘有人的局面。優再度出聲報導。

「目前一出局二壘有人，捕手就定位，兩好一壞的第四球！球投出去了！壞球，兩好兩壞！」

如何？似乎比剛才好一點。

轉頭看向男性，沒想到他卻輕輕搖頭。

「還是太慢了。你必須在球投出去之前就說完『投出去了』。在投手揮動手臂時就要說出『投』字。」

雖然有些吹毛求疵，卻很有道理。

「好，我試試看。」

優調整呼吸後再度開口。

「捕手就定位。兩好兩壞的第五球，球投出去了！」

這次趕上了。一旁的男子滿意地點點頭。

「是外角直球！被打中了！」

這球打得非常猛，但飛的方向不佳。

「球往游擊手方向直直飛去，接殺出局！二壘跑者拔腿就跑，游擊手就在旁邊，觸殺出局！三出局換場，三局上半沒有得分！」

優越說越熱，才一會兒的工夫，他的報導就和比賽進度「同步」了。口中說的話和眼前的情景合而為一，呈現出無限透明的一體感。比賽熱度感染了優的文字，讓他體會到深深的參與感。這難道就是傳說中的「實況轉播的快感」？

——我第一次有這種感覺。

沒想到短短的零點五秒竟有如此大的魔力，不但能舒緩心情緊張，口條也變得更順了。

「很好很好，繼續保持。」

男性拍手叫好。

「若你能從 Playball（開球）到 Gameset（結束）都保持剛才的氣勢，一定很快就能站上體育主播臺。」

「謝謝您。」

優向他鞠躬道謝。

「教練……如果方便的話，可以請您再聽一下我的轉播嗎？」

「我很樂意。那就讓我來聽聽你這個未來名主播的實況轉播吧！」

教練欣然答應。

直到比賽結束，優在男教練的指導下連續轉播了兩個小時。比賽中途形成拉鋸戰，最後前教練的隊伍以八比七遭對方逆轉吞敗。

「今天非常謝謝您！」

優折好計分表，起身向前教練深深一鞠躬。

「不會不會，我也很開心。」

前教練瞇起雙眼，低頭看向場內。

「我今年六十歲了，這群孩子是我最後的學生。本來還要帶他們一年的……但我身子實在不好，只好在今年春天辭去教練職務。他們今天盡力了，雖然輸了，但差那麼一步就贏了。」

一壘側邊的球員休息區中，幾位選手淚流滿面，排成一列向觀眾席的親友及後輩行禮。夏季甲子園預賽對三年級而言是最後的賽事，輸掉比賽就等於當場引退，為高中的棒球生涯畫上句點。

看著他們的身影，優不禁想起當年那場最後的比賽，一陣苦楚湧上心頭，同時也發現自己做了什麼蠢事。

「對不起！這場比賽對您那麼重要，我還拉您陪我練習實況轉播。」

優一臉蒼白。

前教練從頭到尾陪著優練習，雖然臉上沒有任何不悅，但他的內心應該很想專心看比賽，陪學生走完這最後一程吧。

「不會不會，沒關係。」

男性露出一抹微笑。

「雖然為人教練這麼說不太好……但說實在話，像我們這種弱隊，要進甲子園根本比登天還難，也不可能成為電視臺實況轉播的對象。我是個棒球癡，明明沒什麼才能，卻寧願拋家棄子也要投入球場……雖說今天你只是在練習，但能讓專業播報員為我們轉播已是非常好的紀念，我真的很高興。」

他脫下帽子向優行禮。

「您太過獎了。」

優滿心愧疚，再度向教練低頭道歉。

「鴨川先生，像你這種曾經為棒球而受挫的人，才能夠誠心轉播賽事。希望有一天能在電視廣播上聽到您播報比賽。」

前教練將帽子戴好，輕搖著身軀走下外野席樓梯。

「我總有一天會播報高中聯賽的！屆時請您務必收聽！教練，今天真的很謝謝您！」

前教練頭也不回，輕輕向後方揮了揮手，就這麼消失在樓梯的圍欄陰影中。

✦

傍晚——

正當優在製作課會議室裡翻閱計分表時，葵過來找他聊天。

「你在看什麼？」

「啊……」

優還來不及藏起手上的計分表，就被葵一把搶去。

「笨蛋。不用藏了，你練習實況轉播的事情早就在公司傳開了。」

「是、是喔……」

「你根本藏不住秘密，一看就知道了。」

還沒進體育線就開始練習實況轉播——一想到前輩們早就知道這件事，優真想找個地洞鑽進去。

「是啦我真的在練習，好丟臉喔。」

「這沒什麼好丟臉的，認真上進有什麼不好？」

瀟灑回應後，葵順手翻起文件夾裡的計分表。

「你今天也去看比賽了？」

「對。去看了縣賽初賽。」

「嗯，這一場對吧。」

葵翻到今天的比賽，原本興趣缺缺的表情霎然一變。

「怎麼了？」

「沒什麼。」

不正面回答優的問題，葵目不轉睛盯著手上的計分表。

「哇，弱隊對上強豪，應該很精采吧。」

「咦？葵姐，妳看得懂計分表啊？」

優抬頭，愕然看著前輩。

任何運動計分都是一樣，若對該競賽不具有一定程度的專業知識，別說記錄了，要看懂都不容易。

其中又以棒球最為困難。棒球比賽規則複雜、攻守相交，寫計分表時必須鉅細靡遺，使用各種符號。只有「高手」才能光看棒球計分表就看出比賽走向。

「這哪有什麼。只是棒球計分罷了，像我這麼出色的播報員當然看得懂。」

「真不愧是葵姐。」

看優露出尊敬的眼神，葵不禁覺得好笑。

「以前我身邊有人在打棒球，所以看得懂一點。」

「是喔，但還是很厲害耶。除了棒球選手跟球隊經理，妳是我遇過第一個看得懂計分表的人。」

「那當然，因為老娘可是天下無敵的葵姐。」

她邊說邊挺胸，讓胸部旁邊的後輩播報員不禁血脈僨張。

「妳說的身邊的人……是誰啊？」

「我爸爸。」

「原來是令尊啊。他是棒球教練嗎？」
「不知道。」
葵面無表情地回答。
「我國中的時候他就離婚搬出去了。我不知道他現在在做什麼。」
葵說這段話時聲音異常尖銳。
「抱……抱歉。」
優想起葵在聊天時曾說過，「一個我很喜歡的人也打棒球，我跟棒球最後他選了後者，所以我才討厭棒球。」
——原來那個「很喜歡的人」是指她爸爸啊……
優對自己在前輩傷口上撒鹽的行為感到非常懊悔。
「我……」
「不用在意，現在父母離婚很常見。」
「真的對不起。」
「就跟你說沒關係了。我也長大了，心情早就平復了。」
葵衝著他笑了笑，將計分表物歸原主。
「不過，我還是很討厭棒球耶。奇怪？該不會心情還沒平復吧?!」
「……」

優不知道該怎麼回應這個玩笑，只好無言以對。

「這話題好沉重喔，不講了！好了，別再想這件事了，好好主持今晚的節目，知道嗎？」

「是。」

「太小聲了！」

葵雙手扠腰吼道。

「是、是！」

「再一次！」

「是！」

「很好！」

葵一如往常地笑了。

✦

數小時後——

「時間來到今天和明天的交界——午夜十二點。大家晚安，我是鴨川優。」

「我是山野佳澄。」

兩人齊聲說道：「歡迎收聽《午夜☆廣播站》！」

進主題音樂。星光閃耀的合成效果音響起，進入輕快的流行音樂。

「優哥，雖說現在是梅雨季，高中棒球地區聯賽可是打得火熱喔！」

「是啊，佳澄。」

「燃燒吧～燃燒吧♪」

佳澄突然唱起歌來。

「那是〈火鳥〉。」

「鐵腳鐵身鐵腦殼，軌上飛行快如梭，能牽巨龍千萬噸，城鄉交流貢獻多。」

「那是火車！」

「優哥。」

「幹嘛？」

「我們可以回到棒球的話題了嗎？」

「那就快呀！」

看優一臉拿她沒轍的模樣，佳澄發出銀鈴般的笑聲。

佳澄的「無厘頭」越來越高招了。她的說話節奏、話間停頓和可愛的聲音都非常有特色，相輔相成下形成了獨一無二的「佳澄小宇宙」。

她常默默記下平時優和陽一的聊天內容，在節目上出其不意地吐槽。
「優哥，你覺得呢？」
「覺得什麼？」
「你以前也是打棒球的，一到球季會感覺熱血沸騰嗎？」
「嗯，關於這個問題嘛……」
優雙手抱胸沉思。
節目已開播兩個月，陽一開始要求佳澄「不按牌理出牌」，說這是一種「即興談話訓練」。
「優，你聽好，我之前也說過，廣播嚴禁照本宣科，聽眾最不想聽到的就是套好的死板問答，必須要有臨場感，所以即興發揮非常重要。無論面對什麼問題，ＤＪ都必須回答，或是運用技巧閃避帶過，因此需要訓練。啊，不過你不用擔心，剛開始我會先讓佳澄問我準備好的問題。嗯，雖然只有剛開始啦。」
說完，陽一露出頑皮的笑容。
優睜開眼，直直看著佳澄。
「佳澄，老實說……我最近才終於冷靜下來，用客觀的心情看待高中棒球賽。」

「咦?最近?優哥你高中不是已經畢業五年了?你冷靜了好久喔。」

佳澄瞪大了眼睛。

「是啊,我高中時一心想進軍甲子園。不誇張,那時我每天晚上都夢到甲子園。所以啊,高三最後一個夏天沒有打進甲子園真的讓我悲悔萬分,心中充滿了憋屈和遺憾。於是我變得自暴自棄,好幾年都沉浸在悲傷情緒裡……直到前陣子和高中棒球隊友聊過後才釋懷,再度開始看棒球。」

「哇!」

桌子另一頭的嬌小正妹聽得直點頭。

「妳不要那麼驚訝啦,我會害羞。」

「不是啦,我是驚訝優哥你不是文靜男,而是運動男孩耶!」

「妳驚訝的點是這個?!」

優無力地趴倒在桌上。

「妳搞錯重點了吧?這時應該要把重點放在我的棒球心路歷程吧?」

「喔,是喔。」

佳澄調皮地吐舌。

「我好不容易講出這麼有深度的話,都被妳搞砸了……話說,佳澄,妳說我是文靜男已經是好幾個月前的事了耶，聽眾應該不記得了吧！」

「記憶力大挑戰！」

「那是什麼鬼。」

「哈哈哈。」

「哈妳的頭。」

「那，阿囉哈。」

「妳以為妳在哈哇伊（夏威夷）喔？」

「還是你覺得卡哇伊比較好？」

「說到卡哇伊就想到川相（音同卡哇伊）選手。」

「川相選手？你是說日本職棒觸擊專家川相昌宏嗎？」

「沒錯！他是最高竿的內野手，也是我以前的目標。」

「終於回到棒球的話題了。優哥！可以介紹第一封聽眾來訊了嗎？」

「還不都妳……」

節奏拿捏得恰到好處。玻璃窗後的陽一面帶微笑，對兩位主持人點點頭。佳澄笑咪咪地拿出一張傳真。

「今晚的第一封訊息來自一位現役棒球少年——『背號二號的第九棒打者』同學。」

這封傳真優還沒看過。因內容和高中棒球有關，陽一刻意不給優看，直接交給佳澄。

「優哥、佳澄姐，晚安！」

「晚安，背號二號，你是捕手對吧？」

「咦？真的嗎？」

佳澄一臉茫然地抬起頭。

「嗯。高中棒球的球衣號碼是依球員位置決定的。一號是投手，二號是捕手，一直到九號都是固定的。」

「咦，所以球員不能選自己喜歡的號碼囉？」

「沒錯。是依照球員位置決定的，對此您有什麼不滿嗎？」

「我每天都想換背號。」

「為什麼？」

「因為每天的幸運數字都不一樣啊！」

「妳占卜系？」

「我每天中午都要收聽海野ＤＪ的午間綜合節目，在占星單元確認當天的幸運數字。這對我來說很重要，可以說是我的生活準則。」

佳澄這番話讓優想起今天不小心冒犯葵的事情，心情不禁沉重了起來。但一想到葵叫自己「別再想這件事了」，他立刻重新振作，打起精神。

「就算是生活準則，也應該遵守棒球規則吧。」

「啊，那我要怎麼辦……」

「妳想太多，反正妳又不打棒球。」

「來生之類的。」

「那麻煩妳先思考今生的事情。」

「精深！」

「說得好，我喜歡。」

「優哥。」

「幹嘛？」

「這封傳真才唸到開頭的『晚安』。」

「那就快唸呀！」

「好的……」

佳澄單手握拳放在嘴邊假咳了兩聲。

優發現她的咳嗽聲帶著微微顫抖。

——原來如此，佳澄她……

這樣和人聊天，對佳澄而言一點都不自在。

輕鬆愉快都是演出來的。

事實上，她緊張到心臟都快要跳出來了，但卻故作平靜，談笑風生。可想而知，她私底下一定拚命進行葵教她的「表象訓練」。

『想像自己坐在麥克風前說話的樣子，情境越真實越好，然後再進行實際演練。』

仔細想想，像佳澄這種只有國中學歷，又害怕和人說話的小女孩，光憑著憧憬和熱情真的能當上電臺ＤＪ嗎？她這樣的情形，就像一個連單槓後翻都不會的小孩子，卻硬要挑戰花式體操一樣。

佳澄的確一直都很努力，人氣也越攀越高……但事實上，那是因為她勉強自己到了一定程度，這從她現在顫抖著的手就能明白。

——她為什麼堅持要走這條路呢？

面對廣播，我是否也像佳澄一樣真誠呢？雖說自己面對麥克風也不是不緊張，但跟佳澄比起來，心態卻全然不同。

「優哥，我要唸囉！」

「是，是。」

優的思緒回到錄音室。

「優哥，佳澄姐，晚安。」

「又從這裡開始嗎?!……算了，晚安。」

「我是一支弱隊的隊長。」

「隊長啊，辛苦你了。」

和高中時代的優一樣。

「老實說，沒有任何人對我們這種弱隊抱有期待，學校、同學，甚至家人都是。然而，這三年來我們還是非常努力。今天我們參加了縣賽初賽……而這場賽事也成了我高中生涯的最後一場比賽。」

「這樣啊……」

這在棒球界很常見。

在日本，每年約有四千所高中參加夏季大賽，而其中大部分隊伍都在無法進軍甲子園的情況下無疾而終。

對大部分高中球員而言，甲子園是夢想中的夢想，有如月亮、火星一般遙不可及的存在。

「不過，像我們這種炮灰弱隊，今天可是一路窮追猛打，讓最有冠軍相的隊伍陷入苦戰喔！」

佳澄把傳真給優看，看到括號中的隊名，優不禁「啊」地輕呼出聲。

——是我今天看的那場比賽……

前教練指導我轉播技巧的那場比賽。

也就是說……這封信是那位讓比賽陷入投手戰的頭腦派捕手傳來的。一想到他也是節目聽眾，優興奮得不自覺身子直往前傾。

「我想，教練一定也在天國為我們加油打氣。」

——咦？

優瞬間停止呼吸。

「教練人品優秀，個性穩重，面對我們拙劣的球技從來不發火，三年來耐心幫助我們截長補短。然而，今年四月他因病退休後一直住院。今天比賽結束後我才知道，他在比賽途中過世了。」

——也……也就是說……

人品優秀，性格穩重，今年春天退休的教練。

那、那不就是……

——不，可能只是巧合……畢竟那個人可是活生生地坐在我旁邊，還對我的轉播發表意見……

「在此我想和教練說聲謝謝。教練，對不起，在高三這年最後的夏天，我們還是無法帶您進軍甲子園。不僅如此，還毫無勝績，真的很對不起……」

讀著傳真的佳澄，雙眸充滿淚水。

「但是，今天最後的最後，我們打了一場精采的比賽。我們盡力了，就差一點，真的就差這麼一點就要贏了……雖說這三年來，我們從未在公開賽中得勝過……」

佳澄啜泣著，唸完最後一行。

「我很慶幸自己沒有放棄棒球……教練，真的很謝謝您。」

剎那間，優想起那位教練看著球場的溫柔眼神，不禁濕了眼眶。

他和優說了「謝謝」。

還向優這個半吊子播報員鞠躬說：「雖說今天你只是在練習，但能讓專業播報員為我們轉播已是非常好的紀念，我真的很高興。」

一定是他，優確信。

這封傳真中的「教練」，就是優在球場遇到的那個男子。

一個在比賽途中死亡的人，在同一時間到達球場──優知道這並不合理，但這封傳真與他的情感產生了強烈的共鳴，在內心深處引發洶湧波濤，激起層層浪花。

一顆顆斗大的淚珠奪眶而出。

「背號二號同學……這三年來辛苦你了。」

此時此刻，優很慶幸自己主持的是廣播節目。想哭就哭，不用在意聽眾眼光。

「我想，教練今天一定也在觀眾席某處守護著你們。他一定很高興你們給了他這麼精采的比賽……並且以你們為榮。」

優說得非常有把握，因為比賽結束後，那位教練一臉心滿意足。

「同樣身為棒球振興會的球友，我要提醒你們一件事。雖然高中最後一場夏季大賽結束了，但你們的人生才正要開始。今後無論你們要繼續打棒球，還是像我一樣放棄棒球，希望你們都能夠傾盡全力繼續加油。面臨人生中的重大抉擇而感到彷徨失措時，只要想想你們的教練，想想他曾說過什麼話，一定能找到答案。背號二號同學，我非常羨慕你們有這麼一個好教練。謝謝你的來信。」

點播的民謠音量漸強，不一會兒就包圍整間錄音室。

佳澄介紹歌名時，優緩緩關上麥克風，默禱片刻，願自己的一日恩師一路好走。

——我明白了，佳澄。為什麼妳堅持要走這條路，答案很簡單。

——因為妳熱愛這份工作。

那我呢？優心想。

我也像佳澄一樣喜歡這份工作嗎？

那位教練視棒球如命，學生們為了棒球更是傾盡全力。我喜歡這份工作的程度，也像他們一樣嗎？

有超越我以前喜歡棒球的心情嗎？

✦

「鴨川真是個笨蛋，一聽就知道在哭。」

自家套房中，葵一邊聽廣播，一邊將加水威士忌倒入杯中。

「咦……喝光了。」

玻璃杯中只有融化到一半的圓冰塊。

「再喝一杯吧。」

關掉收音機，葵調了一杯更濃的威士忌。

對酒精情有獨鍾，再加上難以入睡的體質，葵的夜晚總以酗酒作結。即使隔天早上起床梳洗時，看到鏡子裡水腫的臉和眼下的黑眼圈，總讓她感到非常後悔。

不過，今晚怎能不喝醉。

因為她竟然在後輩面前提起父親的事。

父母離婚十幾年，她早就看開了。

然而不知道為什麼，在優的面前，她的心情彷彿回到了十幾年前，情緒驟然失控。

陽一曾和葵說：「優身上有種獨特的氛圍，讓人很想和他說心裡話，我想這大概來自他善良的天性。他本人並未意識到這一點……他也許出乎意料之外，是個天生的『聽眾』。」

葵認為陽一說得很對，畢竟徵選會那晚，自己就莫名其妙和第一次見面的優坦言「我恨死棒球了」，幸好最後以開玩笑含混帶過。聽完陽一這番話後，葵和優相處時便格外小心，以防自己再次「真情流露」。

然而，最後還是破功了。

竟在比自己小的男人面前流露真感情？真是太丟人了！

這一點都不像處變不驚、行事果決的「葵姐」會做的事啊。

——媽呀，沒有比這更糗的了。

更讓葵在意的是，父親所帶來的陰霾依然在她心中揮之不去。

該不會每晚酗酒、至今無法與人真心相愛，都是因為父親的原因？

——不會吧。

——難道是因為十幾年前被父親拋棄，才害我不信任男人？

——這實在太蠢了。

想到這裡，葵又想多喝幾杯了。

這間接照明上放了一盆觀賞用的香妃草，白色葉緣相當惹人憐愛。這是葵外出採訪時人家送她的，只要澆水就能長得很好。葵就是喜歡它好養活這一點，因為她很有自知之明，只有這種植物才適合自己三分鐘熱度、不拘小節的個性。

——如果我是男生就好了……

小時候葵常這麼想，當女生實在太彆手彆腳了。

——不過大家都以為我過得很自在。

基本上是這樣沒錯。

——如果我是男生的話，是否會有全然不同的父子關係呢？

——就像那位聽眾和自己已故的教練一樣……

「不可能。」

葵搖搖頭。

——那個男人可是拋棄了我和媽媽。

——現在他是死是活都與我無關。

——我對他已毫無親情可言……

「晚安。」
不知道什麼時候，桌子對面坐了一位穿著西裝的男人。
「爸爸？」
男人點了點頭，似乎有些緊張。
「這麼晚了，你怎麼在這裡？」
「我知道了……」女兒將酒杯放在桌上，一副恍然大悟的模樣。
「這一定是夢。」
「……沒錯，是夢。妳剛才喝了一杯酒後，一下子就睡著了。」
葵一轉頭，看見自己睡在床上，抱著抱枕，酣然入夢。
「好久不見了呢……」
「最後一次見面時妳才十六歲，正好十年前。」
「……你還是一樣，不喜歡叫我的名字。」
「像我這種拋家棄女，害妳在媽媽死後孤單過活的男人，沒有資格喚妳的名字。」
男人尷尬的語氣，顯示了兩顆心的距離。
「是啊，不過沒差。」
「所以，被妳冷漠對待，也是我罪有應得。」

「因為，」葵喝了一口酒，「我恨你。」

「嗯。」

父親垂下眼簾。

「拋棄麻煩的妻女選了棒球，每天窩在最愛的棒球場，你應該過得很爽吧？來找我幹嘛？不是說好不再見面了嗎？」

葵的語氣更冷漠了。

「我啊，已經死了。」

「……咦？」

這出乎意料的回答，讓葵瞬間停止了動作。

「離家一陣子後我就生病了。雖說每天待在球場上……但都在和病魔搏鬥。然後，就撒手人寰了。」

「喔。」

葵故作鎮定，將杯子放回桌上。

「所以呢？來找我幹嘛？討拍喔？」

「不是這樣的。」

父親搖搖頭，臉上的表情依然柔和。

「雖然我對不起妳們母女倆，但這樣的人生我並不後悔。因為我能抬頭挺胸對學生說，我盡力了。」

「！」

父親的這番話，和剛才節目上的聽眾傳真吻合。

——難道說……那封傳真是爸爸隊上的學生傳來的……

——原來是這樣。

——丟下我和媽媽。

——傷透我們的心。

——害媽媽孤零零地死去。

——卻對毫無血緣關係的學生那麼好，彼此珍惜、互相了解。

——然後在學生的感謝中死去。

葵心中對父親的怨恨逐漸膨脹，化作燒紅的鐵塊般刺穿胸口，將內臟熔為灰燼。

——這個拋棄妻女的爛男人。

「虧你有臉說這種話。」

那口氣冷得像冰。父親一臉愕然，低語道：「對不起。」

「然後呢？」

女兒對於父親的歉意完全不領情，板著面孔問。

「你到底來找我做什麼？事到如今有何貴幹？」
「嗯。其實啊……」
父親欲言又止，低頭沉思半晌，抬起頭說道。
「我有事想和妳商量。」
「……什麼事？」
人都死了，這十年來無聲無息，有什麼好商量的？
「我等等要去天國向妳媽道歉……穿這套西裝可以嗎？好看嗎？」
「啊？」
見女兒一臉疑惑，父親再次問道：「妳媽會喜歡我穿這樣嗎？」
「喂……」
女兒抱頭，這個商量內容實在太出人意料了。
「所以，你來找我，是要我當你的時尚諮詢師？」
「嗯。因為妳最了解媽媽了。」
女兒看到爸爸穿著一身格紋褐色西裝，還配了一條紅色花領帶，噗哧一聲笑了出來。
「爸，你品味很差耶。」
「是、是嗎？」

看爸爸驚慌失措的模樣，葵不禁再度失笑。

「不過你穿這樣也好，這樣媽媽就會知道你為了她精心打扮。」

「真的嗎？」

「真的。」

父親用力點點頭。

「好，既然有妳打包票，就穿這套去吧。謝謝。」

「不過，就算你道歉，我想媽媽應該也不會原諒你。」

葵再度換上冷漠的語氣。

「……沒關係，道歉是我唯一能做的事。」

父親臉上浮現一抹微笑。

那溫柔的笑容令葵感到有些不甘心，硬生生地轉了個話題。

「虧你能找到這裡，我沒告訴過你地址吧？」

「小神明帶我來的，一個像小妖精、小精靈一樣可愛的女孩。」

「神明？妖精？真的嗎？」

葵眼睛一亮。小時候她最喜歡聽妖精、天使的床邊故事了。

但是，現在對她而言，有更重要的話要說。

「……爸爸。」

「嗯？」

葵用手指輕點杯中的冰塊。

「這好像是我們第一次這樣聊天。」

「嗯……都是我不好。」

「爸爸，要不要喝杯酒再走？人世間的最後一杯酒。」

女兒指著威士忌酒瓶笑道。

「好啊。」

父親鬆開領帶說。

「謝謝妳，那個……不，沒事。」

看父親欲言又止的模樣，葵這才意識到，父親本想喚她的名字，卻又把話吞了回去。

這樣也好，葵心想。

——如果父親真叫了我的名字，那就太做作了。一點都不像我們的相處模式。

「爸爸，我醒來後，就會忘記這場夢嗎？」

「也許喔……畢竟是夢。」

「是喔，有點可惜。」

「可是啊。」

「嗯？」

「為了答謝妳給我意見，離開時，我會帶走些許妳心中的沉重。」

「心中的沉重？」

「明天妳就知道了。早上起床睜開眼，妳會發現自己身心奇蹟般地變輕盈，然後帶著雀躍展開新生活。這是我想為妳做的最後一件事。」

「但是……我醒來後，不會知道那是爸爸做的吧。」

父親笑著點點頭。

「我今天遇到一個很棒的年輕人喔。」

「誰？」

「是妳的熟人。」

「嗯？」

「想聽嗎？」

「好啊，如果爸爸你想說的話。」

互動依然稍嫌生硬。

兩人就這樣在尷尬的氣氛下，度過父女倆最後的時光。

第五話

光之長笛

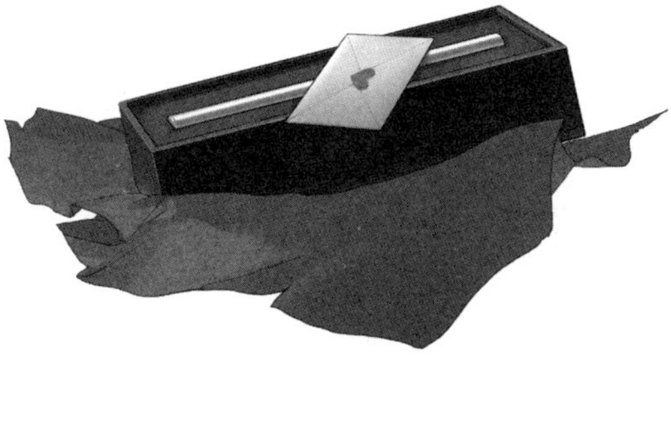

「時間來到今天和明天的交界——午夜十二點。大家晚安，我是鴨川優。」

「我是山野佳澄。」

兩人齊聲說道：「歡迎收聽《午夜☆廣播站》！」

進主題音樂。星光閃耀的合成效果音響起，進入輕快的流行音樂。

優閉上雙眼，試著調整呼吸。

因為今晚有別於以往，他要在節目中朗讀一封電臺收到的長信。

這封信寫的是一位女性的親身經歷，內容充滿了傷感、暖意，卻又是如此「不可思議」。優讀完後，由衷希望能將這封信介紹給聽眾。

開播前，優特地將信拿給葵看，詢問她的意見。

「好棒……讀完後感想真是難以言喻，真是封美妙的信。」看完後，葵感嘆道。

「我懂你想介紹這封信的心情。畢竟這是一封文情並茂的情書啊！」

「情書？」

「沒錯，這是情書。裡面記錄了一個女性賭上性命也要愛的心情……我也有點想談這種戀愛呢。」葵濕著眼眶呢喃道。

她的反應讓優目瞪口呆。

「呃，那個，妳之前不是說，對戀愛沒興趣嗎？」

「我有說過那種話嗎？」葵眨眨眼。

「有啊，妳是這樣跟我說的……」

「有嗎？」

葵歪頭。看來她真的不記得了。

這幾天，雖然說不出具體的變化，但優總覺得葵給人的感覺有些不一樣。

雖說男子氣概依然不減，但總覺得身上的氣息柔和許多，沒有以前那麼犀利了。

說到這個，這幾天她還說：「我最近睡得很好，也戒掉喝睡前酒的習慣了。」

人稱酒豪的葵姐竟然戒掉睡前酒？這如果讓播音課那些前輩們知道，大家肯定會大吃一驚。

——是不是發生了什麼好事呢。

「言歸正傳，鴨川。」

葵將信塞回信封，瞬間換上「前輩」的表情。

「有！」

優急忙立正站好。

「無論內容多麼精采，在唸長信給聽眾聽時，千萬不能讓他們覺得無聊。要做到這一點是有技巧的。也就是說，朗讀技術非常重要。」

「那我該怎麼做？」

「簡單來說就是盡量淡定，口氣不能太過激昂，也不能融入太多感情。但是呢，又不可以太過置身事外，而是將寫信者的心情適當地傳達給聽眾，拿捏得當，收放自如。」

「聽、聽起來好難喔。」

身為播音界的菜鳥，優光是聽到這些技巧就很緊張。

「笨蛋，你緊張什麼？重點不在於你唸得好不好，而是能不能將這封信的內容如實轉達給聽眾。總之，你要盡全力集中在傳達寫信者的心情上。」

——加油！

優調適好心情，睜開眼便看見佳澄正對著他微笑。

微微點頭，深呼一口氣，打開麥克風。

「收音機前的聽眾朋友，今晚我們要向大家介紹一封信。」
「今天我們電臺收到一個包裹。」
「沒錯。包裹上沒有寫寄件人的姓名地址，打開後……我們發現裡面有一支小心翼翼包好的長笛，以及一封信。」
「這封信是用鋼筆寫的，字跡娟秀，出自一位女性之手。」
「上頭寫的，是一個發生在第二次世界大戰的奇談。今晚，我想要在長笛的吹奏之下，將這封信分享給大家。」
控制室中，導播陽一將黑膠唱片機的唱針放下。
長笛版〈奇異恩典〉（Amazing Grace）悠悠響起……優開始朗讀信件。
「敬啟者，這是我初次寫信給貴節目。嫩葉初發的季節剛過，在此先敬祝二位身體安康。
睡不著的夜晚，我總會打開收音機聽二位主持人說話。
謝謝你們為我帶來許多歡樂的時光。
前幾天狗狗的那一集令我大為感動，想必那位飼主如今已品嘗到幸福的重逢時光。想到這裡我不禁潸然淚下，『心誠則靈』，這句話真是一點兒也不假。

聽著聽著，我也想和二位分享一個發生在我身上的神奇經歷。於是平時根本不寫信的我，便提筆寫下這封信。若二位主持人能閱讀這封信，我將不勝歡欣。

我先生是個音樂老師。戰爭期間，西洋音樂被視為敵方音樂，常受到世人的指指點點……但因為我先生的長笛吹得非常好，所以軍方以勞軍的名義，特別允許他帶著長笛入伍。當然，當時他只能吹奏軍歌。

先生捎來短信，說戰爭似乎就要結束，今年夏天，也就是我們的孩子出生之時，他應該就能回到我的身邊了。

是的，當時我的肚子裡，有著和丈夫的愛的結晶。

然而，半年後，我收到丈夫於鹿兒島的鹿屋航空基地坐上戰鬥機，特攻戰死的消息。

喪夫之痛導致我腹中孩兒死產。

之後，八月九日——

住在長崎市的我遭到原子彈攻擊。

原子彈落下的那天，我剛好到遠處辦事。人雖不在原子彈墜落處，但仍被轟炸的爆風吹倒而昏厥，幾個月後才醒過來。

有件事我沒有和任何人提起過。其實，昏倒時我是有記憶的。

那段期間我應該是一直躺在醫院的病床上，然而，我的記憶卻並非如此。

印象中，那天我被原子彈爆風吹倒在地後，被某個人一把抱起。意識朦朧間睜開眼睛，發現那人……竟是我戰死的丈夫。

他穿著出征時的軍服。

我低語：『我果然也死了』他回道：『說什麼傻話，妳還活著！』

我又問：『可是，你不是已經因為特攻戰死了嗎？』他開朗地說：『我信中不是說夏天會回來嗎？妳們過得這麼辛苦，我怎能丟下妳們獨自死去。』

這時我才發現，丈夫手上抱著一個小嬰兒。

『謝謝妳在我不在的時候，獨力生下了她。是個女孩喔，長得非常像我。』

那嬰兒張著黑澄澄的眼珠看著我。

『不可能！那孩子已經死了……』正當我這麼想時，孩子突然嚎啕大哭。

丈夫急忙把孩子抱給我，『喂！妳還不快餵她喝奶！』神奇的事情發生了，我的乳房突然感到一股脹痛。在丈夫的催促下我拿出乳頭，乳汁竟涔涔溢出。孩子緊緊含住乳頭，咕嚕咕嚕地喝奶。

我這才意識到，這嬰兒真的是我們的孩子。

那一剎那，原本茫然的雙眼潸然淚下。我嚎啕大哭，聲嘶力竭地向丈夫泣訴。

那之後，我們過著平凡而快樂的日子。

戰爭不知何時結束了。丈夫回到教學崗位，每天早上到學校教音樂，我則過著不太上手的育兒生活。

他每天都向鄰居拿許多好吃的食物回來，有時是新鮮的魚肉，有時是其他東西，每次都叫我多吃一點。

他幾乎不動筷子，每當我叫他跟我一起吃時，他總回答：『我不餓，妳需要補充營養，快吃吧！』

那是段幸福的日子。

然而，深秋的某一天，他突然抱著女兒站在門口跟我說：『我們得走了。』

我大驚，哭著央求他帶我一起走，然而他只是淡然搖頭。

『我和這孩子已不屬於人世。之前妳的情況有些危急，但現在已經好多了。我們沒有辦法在一起了。』

丈夫對著哭成淚人兒的我說：『別哭了……我費盡苦心懇求各路神佛，拚命向他們磕頭，才回到這個世界……哈哈哈，不說我的事了。雖然很短暫，但我們一家三口終於得以團聚生活。沒有比這更幸福的事……再也沒有了。我們得走了。』

我說：『求求你帶我走，這條命我不要了！』丈夫卻大吼：『不行！』

『……妳聽好，生物活著都是為了求生，怎麼可以求死？妳還活著，所以妳要好好活下去！』

抱著女兒的丈夫身影逐漸離我遠去。

『真的沒時間了。我們一家三口從八月開始一起生活，一共經歷了一、二、三，三個月，神明已經特別寬待我了……這段日子真的好快樂、好快樂。』

『我們先走一步了。但我們可沒有在等妳喔！我跟這孩子在另一個世界都有自己該做的事，妳也要努力過活，長命百歲喔……我們走囉，這段日子謝謝妳。』

此時，不知從哪傳來丈夫的長笛聲，他們父女倆就此消失無蹤。

聽到有人在呼喚我……張開眼睛，我發現自己躺在病房裡，母親緊握著我的手，大聲喊著我的名字。

聽母親說，我被爆風吹倒在地，在醫院足足昏迷了三個月。

這三個月來我毫無甦醒跡象，那天卻突然哭喊大叫，在母親的極力呼喚下，我才醒了過來。

我的枕邊放了一支長笛，那是丈夫帶到戰場出征的長笛。然而讓人不可思議的是，他們說發現我時，我將這支長笛緊緊抱在懷中。

醫生對我的健康狀況感到非常困惑。臥床的這三個月我並未攝取什麼營養，身體卻沒有出現異狀，甚至比以前更健康。

出院後，我回到小學當老師。

重生後的我，每天過著光鮮亮麗而充實的生活。孩子們、大自然、街道，任何映入眼簾的東西都是如此美好，令人驚艷。

唯一的煩惱，就是無法遇到比我老公更有魅力的男人。

以上就是我的親身奇談。

最後，我有一事相求。
希望你們能將我丈夫的長笛轉贈給別人。
雖說這把長笛是他留給我的遺物，但這麼高價的樂器，我想還是應該留給有音樂才華的年輕人。
真是抱歉，一個不願報上姓名的人，卻向你們提出這樣厚臉皮的要求。希望貴節目能運用廣闊的人脈，將這把長笛送給合適的人。萬事拜託了。
望您包容我的拙文劣字，在此敬祝各位今後平安喜樂。敬上」
信唸完的同時，長笛版的〈奇異恩典〉也恰好結束。
「優哥，這封信寫的……是真的嗎？」
佳澄邊聽邊哭，此時早已泣不成聲。
「嗯。雖然令人有些不敢置信……但我想一定是真的。」
優的語氣堅定而有力。
「……收音機前的聽眾朋友，其實還有一件更不可思議的事。」
優將裝著長笛和信的包裹放在眼前的桌上。
「這個包裹是今天寄到的。但我總覺得看起來有點老舊，仔細一看才驚覺不對勁……」

「郵戳？」

「沒錯。郵戳上的日期是一九五五年六月。」

「優哥，什麼意思？你是說，一九五五年寄出的包裹今天才寄到？」

「真的很神奇。」

優點點頭。

「那，收件人姓名呢？」

「上面寫深夜廣播節目收。」

「所以，這個包裹本來是要寄給當時的深夜廣播節目吧？」

「可是……佳澄，信裡提到前幾天的狗狗……」

「啊……」

佳澄歪著頭，驚訝到忘了哭泣。

難道說，寄件人是穿越時空聽到廣播，然後再穿越時空寄包裹過來的嗎？

雖說這封信的內容也非常奇異，但就連信件本身的存在都是個難解的謎題。

優小心翼翼地將信折起，放回泛黃的信封中。然而奇妙的是，同捆的長笛卻如新品般閃閃發亮。

「我想，這把長笛之所以會出現在這個時代，一定有它的意義。」

「意義？」

「嗯。也許是現代的某個人需要這把長笛，所以她才會把長笛寄到這裡。」

「優哥，那個人現在在哪裡？」

「這我就不知道了……我總覺得，他應該很快就會出現。」

在室內燈光的照耀下，銀色的長笛發出耀眼的光芒。

那光芒似乎訴說著長笛等待新主人的雀躍心情。

✦

節目結束後的凌晨三點半——

平時佳澄都是在電臺門口打電話叫計程車，今天卻一時興起，走下電臺前的石坡道攔車。

「晚安……小姐到哪裡？」

男性司機的聲音不知為何有些顫抖。

「麻煩到車站。」

「車站？」

司機瞬間停止呼吸。

「請問……怎麼了嗎？」

「不……沒、沒事……那我要關門囉。」

他啟動柴油引擎，開始開車。

佳澄從包包拿出眼鏡，打算先寫計程車券。

戴上眼鏡後她發現，中年司機正透過後照鏡打量著她。

司機的呼吸急促，額頭冒著斗大汗珠。

佳澄對男人心一竅不通……喔不，是毫無興趣。但即使如此，她仍看得出來這個司機怪怪的。

總務課配給的防狼警報器被佳澄放在包包底部。印象中，啟動後不但會警鈴大作，還會自動通知保全公司。

佳澄曾在試按警報器時被那強而有力的警鈴聲嚇到，自此再也沒有使用過。巨大的聲響給人一種無路可逃、怒火沖天的感覺，她天生就不喜歡。

「如果可以把警鈴聲換成鳥叫聲或水流聲就好了。」佳澄心想。但這可不行，畢竟防狼警報器是為「防狼」而設計的，佳澄也只好認了。

但無論如何，她打從心底就是不喜歡這個東西。

在佳澄的心中，防狼警報器和鬧鐘是同類——「是靠得住的好幫手，但不是好夥伴」。

因此，雖然對沒有手機的佳澄而言，防狼警報器是緊急時刻的重要保命符，但她還是將警報器用幾條手帕、小毛巾裹緊放在包包底部，緊急時刻根本無法派上用場。

「小、小姐……」

見佳澄發現自己在看她，司機趕緊別開視線。

「抱、抱歉一直偷看您，我沒有別的意思！」

「沒關係……」

當一個人強調自己「沒有別的意思」時，就代表「有別的意思」，一定有什麼特別的原因——佳澄也經常這樣。

「我只是很訝異，一個小姐怎麼會在人煙那麼稀少的地方攔車……」

司機辯解道。畢竟這時候沉默實在太尷尬了。

「喔……」

佳澄點點頭。

「那個石坡道上面有家電臺。」

「啊，是呀，很久以前就在了。您在那裡工作嗎？」

「是的。新節目《午夜☆廣播站》……您有聽過嗎？才剛開播三個月而已……」

「抱歉……我一般都聽日本廣播協會……」

圓臉司機一臉愧疚。

「是喔……」

「對……不好意思。」

他更愧疚了。

「沒關係，不用在意。」

「不好意思，我下次會聽……明天晚上就聽。」

看來這司機並不是壞人。

「小姐，嗯……不好意思，您的臉色似乎不太好？」

司機透過鏡子跟佳澄說。

「我天生氣色就不好……太過蒼白了。啊，也許是因為我不喜歡車子裡的味道。」

「原來如此，如果有哪裡不舒服儘管說。您也可以開窗戶。」

他似乎真的是個好人。

「先不用沒關係。」

「好的。哈哈……我還以為被我碰到了呢。」

「碰到？」

什麼意思？

「小姐……說了您可別生氣。」

「好。」

「在我們司機圈啊，您上車的地方是有名的靈異景點。」

「靈異景點？」

佳澄差點失笑出聲。是啊，沒錯，我們電臺裡真有個幽靈導播。

「其實啊，我朋友就載過一次喔。」

「咦？」

他說的應該不是幽靈導播。因為陽一是地縛靈，無法離開電臺。

「有天半夜，差不多也是這個時間，他在您上車那附近載到一位絕世美女。」

「嗯。」

「那個女的指定要去車站。」

「哎呀。」

「然後，就那樣嘛，他一轉頭，發現後座根本沒人，只有坐墊上留下一攤水。」

「……」

「因為小姐您也是絕世美女，我心頭一驚……咦？」

「……」

「小、小姐?!」

「……」

「不、不會吧?!」

後照鏡裡沒有任何人。

「不、不見了?!」

「啊，對不起，我不小心弄掉眼鏡了。」

女孩從下方探出頭來。

「原來只是彎腰撿東西啊……嚇死我了。」

司機緊握著方向盤，深深嘆了一口氣。看來他真的嚇到了，佳澄對此感到愧疚。

「不好意思，我可以開車內燈嗎？」

「當然可以，知道開關在哪嗎？」

「應該是這個吧。」

佳澄伸手按下開關，黃光頓時照亮車內。在她腳邊有一個東西反射出亮光。

「找到了！」

「太好了！」

「那我關燈囉。」

「麻煩您了……您喚起了我一個回憶。」

「咦？」

「小姐，說了您可別生氣。」

「這次是什麼事？」

佳澄笑著說。

「我老婆是戴隱形眼鏡。」

「是。」

「她是個冒失鬼，偶爾也會搭我的車。」

「嗯。」

「她搭我的車時，每三次就有一次弄掉隱形眼鏡，在後座找得天翻地覆。」

「哎呀。」

「她老說是因為自己眼睛太大了。哈哈，不過這都是以前的事了。」

「你老婆好有趣喔！」

佳澄想跟她當朋友。

「不不不，用聽的是很有趣啦，一起生活都快被她氣死了。」

「不會啦，我也很冒失喔。」

「那您跟我老婆一樣。」

後照鏡映出司機笑咪咪的眼睛。

「那你老婆呢？」

「喔……她已經去世了。」

「……對不起。」

佳澄低頭道歉。

這個大叔也是孤身一人，一想到這裡，佳澄不禁鼻酸。

「沒關係，都死了好幾年了。不過……」

圓臉司機沉痛地說。

「好久沒有這麼想她了。」

「你太太嗎？」

「對。雖然我常罵她冒失，但我其實很以她為榮。」
「真好。」
「最近我都盡量不去想她。」
「……」
「我自己也不知道為什麼。」
「我想，也許是因為失去她讓你太痛苦了？」
佳澄發現，自己和不認識的人反而能夠毫無忌憚地聊天。她從以前就想當這種健談的人。
佳澄繼續說。
「司機大哥，你是因為太痛苦才埋頭工作的，對吧？」
「……對，可能吧，藉此轉移注意力，消除對她的思念。」
「但我想，你太太一定很喜歡、很喜歡努力工作時的你吧？」
「這麼說來……」
司機強忍著淚水。
「她生前常跟我說：『你天生就是要開計程車的。』」
「……對不起，我好像太多嘴了。」佳澄又一次低下了頭。
「不不，多虧了您，我才能整理情緒。」

「嗯。」

「謝謝您。」

「不，你太客氣了。」

女孩雖有些害羞，但被人道謝心裡還是高興的。

「好久沒見她了，是時候該去找她了。」

「掃墓嗎？」

「啊……算是啦，對。」

司機不知為何含糊其詞。

「可以的話，請幫我和我兄弟打聲招呼，說我長期給他添麻煩了。」

「咦？」

正當佳澄要追問時，計程車停了。

「小姐，到車站囉，總共兩千一百六十日圓。」

「咦咦咦?!」

「小姐您怎麼了？」

「換、換了！」

「啊？」

「司機換人了！」

眼前哪有什麼圓臉司機，而是一臉愕然的長臉司機。
「……喔喔，他又出現啦？」
司機低聲呢喃。
「又？」
「對。在我們司機圈啊，您上車的地方是有名的靈異景點。」
是剛才聽的故事。
「你是說美女幽靈……」
「對對，說實在話，剛才載到您的時候，我也有點心驚膽戰……但其實還有另一個故事。」
「另一個故事？」
「對，還有一個計程車司機幽靈。」
「咦？」
「有個計程車司機在那附近出車禍死了。」
「咦咦？」
「他死後還常常開車載客喔，不過他好像不會害人。」
「騙人……」
佳澄目瞪口呆。

「那位司機有說什麼嗎？」

「他說，他要去找他太太……」

「咦？」

「還要我幫他向兄弟打聲招呼，說長期給他添麻煩了。」

「真的嗎？」

司機喜上眉梢。

「這到底是……？」

「其實，那位司機是我同事。」

「嗯。」

「他是我的前輩，很照顧我……這樣啊，那個人終於成佛了……」

「成佛……」

「真的很謝謝您！」

「不會……」

「對了，小姐。」

長臉司機爽朗地說。

「您是山野佳澄對吧？」

「咦……對！」

佳澄嚇得從座位上應聲跳起。

「你怎麼知道是我？」

「聽聲音認出來的！」

「喔，是喔……」

「我開車時常聽你們的節目喔。您和鴨川ＤＪ一搭一唱默契超好的。我今晚也有聽喔，那封……講長笛的信真的好感人，聽得我一邊開車一邊掉眼淚。對了，如果可以的話，請您務必在節目上介紹剛才我前輩的事情。」

司機露出開心的笑容。

「我女兒也是佳澄的粉絲喔。今晚她一定也在房裡聽節目……你們節目是我們父女倆最近的共通話題。」

這是佳澄第一次在外面被粉絲認出來。司機的一番話讓女孩臉頰瞬間浮上兩朵紅暈。

「謝、謝謝你！」

「坦白說……」

「？」

「我女兒是個拒絕上學的國中生……不過她說，佳澄的節目有一股神奇的力量，好像在幫她加油打氣似的，讓她充滿活力……她還說，下次想要試著去上學。」

「真真真真真、真的嗎？」

在興奮情緒的驅使下，佳澄的聲音、肢體變得有些不協調。

這應該也算是太過高興的副作用吧。

佳澄的雙手抖到握不住筆，費了九牛二虎之力，好不容易才將車資寫在車券上，交給司機。

「請、請你用這個請款……」

「好的。」

司機接過車券，將帽子戴好。

「謝謝您的搭乘。」

「不、不客氣。請、請幫我跟你女兒問好！」

「謝謝您，她一定會很高興的。我們明晚也會準時收聽您的節目。」

「好、好！」

臉熱到快要噴火了。

「再、再見！」

佳澄跳下計程車，邊走邊跳，消失在大樓間的小巷中。

新節目《午夜☆廣播站》開播已滿三個月。

外頭下著滂沱大雨，每當風向轉變，斗大的雨滴就敲得一樓臺長室窗戶滴答作響。梅雨季末的豪雨，也是夏天即將來臨的證明。

「二郎，弓子還好嗎？」

「她很好，別擔心。」

洋二郎看著陽一褐色的瞳孔回答。

「我傍晚才去看過她。嫂嫂和平常一樣，沒有異狀。」

「是喔。」

永保年輕的哥哥莞爾一笑。

「她有聽我的節目嗎？那是我到目前為止最希望她聽的節目。」

一旁的書架上放滿了媒體相關書籍，哥哥看著書背說道。

「有……我幫她病房裡的收音機定時了……嫂嫂一定聽得很高興。」

「嗯。二郎你也有聽嗎？」

「我可是臺長，當然得驗收成果。」

比哥哥老的弟弟笑了。

黃金獵犬小月依偎在洋二郎的腳邊。

最近小月越來越有「電臺吉祥物」的感覺了，不但照片常被登在電臺官網上，總務部女職員還幫牠設立了「小月部落格」和「小月推特」。上面除了介紹節目資訊，還會刊登小月散步、吃飯等日常生活照。且無論發佈什麼消息，最後一定會以「汪德佛（wonderful）」結尾，相當有意思。

新節目《午夜☆廣播站》不只帶來小月，還為電臺帶來前所未有的活力。

「哥，託你的福，節目廣受好評喔。前一陣子播出的感人信件也造成聽眾廣大迴響。有人說他第一次聽廣播聽到淚流滿面；還有人說他因此打消自殺的念頭，特地寫感謝信給我們。我用臺長的身分跟你道謝，真的很謝謝你。」

「嗯，因為這是一個充滿奇蹟的節目嘛。」

陽一得意地說。

「優和佳澄這對組合引發超乎我想像的化學反應……這一切都是奇蹟。」

看著小月安心的睡臉，洋二郎心想，「沒錯，真的是奇蹟」。

——否則，討厭動物的我怎麼會領養狗呢？

「再發生多一點奇蹟吧！」洋二郎誠心祈禱著。

——發生在哥哥，以及溫柔的弓子嫂嫂身上……

✦

二十五年前——

對剛進入社會的洋二郎而言，陽一和弓子是他自豪的兄嫂。

當時陽一比洋二郎早一步進入地方電視臺，並娶了愛情長跑十年的美女嫂嫂。

一對羨煞眾人的夫妻走在親友祝福的撒米儀式中。

「哥，弓子姐，恭喜你們。」

他們兩人穿著純白新娘和新郎禮服，顯得有些害羞，彷彿變了個人似的。

「討厭啦，二郎。」

新娘露出如花般美麗的笑容。

「今天開始你要改口叫我嫂嫂了。」

周圍的人哄然而笑。個性爽朗的弓子總是被笑容所圍繞，這對不擅長處理人際關係的洋二郎來說是遙不可及的才能。

其實，洋二郎曾單戀過弓子。但礙於她是哥哥的女友，他從未將此想法宣之於口。只要看著她在哥哥身旁微笑的樣子，對洋二郎而言就已足夠。

——祝妳幸福。

然而，命運總是捉弄人。

前往蜜月旅行的途中，他們發生了嚴重的交通事故。

洋二郎趕到醫院時陽一還活著，但很明顯已是回天乏術。他滿臉包著繃帶，只露出滿口鮮血、牙齒斷盡的嘴巴……

陽一見到弟弟，用虛弱的聲音問道：「二郎……弓子呢？」

新娘在隔壁床上安靜地躺著……一旁的護士無奈地搖搖頭。

「她很好，別擔心。」

洋二郎故作鎮定說道。

「哥，嫂嫂在你隔壁床，她沒有大礙，只是吃了藥睡著了。你要加油，知道嗎？」

「這樣啊。」

只露出嘴巴的哥哥笑了。

「真是……太好了……」

一小時後，陽一嚥下了最後一口氣……

而嫂嫂則在昏迷的狀態下活了下來。

〔第六話〕

永遠為妳

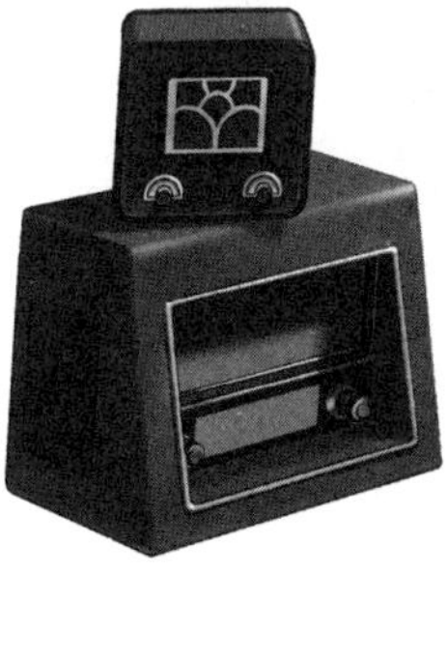

梅雨季即將結束，一個難得放晴的傍晚——

「葵！」

難得提早下班的葵來到市中心的百貨逛街，有人從後方叫住了她。

一轉頭，一個和她差不多高的年輕女人衝著她微笑。

「妳好。」

「啊，妳好……」

一身黑套裝的葵滿臉疑惑。

——她是誰啊……好高喔，年紀跟我差不多。

基本上，葵對見過的人是過目不忘的，但她不記得自己曾經見過這個人。

那人留著及腰鬈髮，身穿白色碎花套裝，臉上掛著優雅的笑容。

——不過，這個人似乎……哪裡怪怪的？

雖然一時說不上來，但眼前這個女人實在看起來有些奇妙。她有著美麗的外表，但總覺得沒什麼真實感，身上散發出一股有如熱浪般的虛幻氛圍。

「不好意思，我得先走了……」

葵毫不客氣轉身就要走。

「啊，抱、抱歉！」

她雙手捂嘴，低頭道歉。

「我是妳的粉絲，見到妳太高興了，忍不住出聲叫妳。」

「喔喔。」葵恍然大悟。

「不用道歉。被聽眾認出來我們也很高興。」

「真的嗎？」

她睜大的雙眸露出閃耀的光芒。

「我非常喜歡妳正直勇敢的個性。每每聽到妳毫不做作的發言我都覺得，妳一定有顆溫柔的心。妳的節目讓我獲得勇氣……啊，對不起，我自顧自地一直講，但見到妳我真的好高興。」

她惹人憐愛的笑容彷彿一朵純白的美麗花朵，葵不禁看到入迷。

——該怎麼形容她這種爽朗的個性呢？應該是所謂的「純度百分之百」吧。

「葵……我是不是造成妳的困擾了？」

見葵沉默不語，女人露出擔心的表情。

「沒那回事！」

聽葵這麼說，女人鬆了一口氣。

這次換葵向她鞠躬。

「我們ＤＪ平常都是對著麥克風自言自語……像這樣和聽眾聊天能增加我們的想像力，在錄音室一個人主持時更有感覺。謝謝妳。」

「妳的聲音和廣播聽起來真的一樣耶！」

看著她雙眼射出光芒，葵有些哭笑不得。

「因為我是本人。」

「葵！那妳下次進錄音室時會想著我的臉主持嗎？」

「當然。」

花朵般美麗的女性高興得拍手叫好。

購物中心裡人潮眾多，來往的行人紛紛對她們投以好奇的眼光。葵現在是電臺節目主持人，但去年之前她都還是綜合節目的固定班底，知名度頗高。

然而，不少路人卻用訕笑的表情看著葵，這讓她感到莫名其妙。

——笑什麼？我口紅畫歪了嗎？眉毛也畫得很完美啊……

正當葵暗自打量起自己的妝容之時，穿著碎花洋裝的女人漸漸紅了眼眶。

「妳、妳怎麼了？」

葵吃驚地問道。

「……抱歉，能像這樣和偶像聊天，我實在太高興了……」

她用白色蕾絲手帕拭淚。

「這大概是我五十年人生中，排得上前兩名的開心事。」

「妳真幽默！」

葵笑道。這女的看起來頂多和自己一樣大，五十年人生？看來她不僅愛哭，還很愛開玩笑。

「不好意思……葵，方便和我握個手嗎？」

「當然。」

伸出手後，葵終於知道這女的哪裡「怪」了。

她，在鏡子裡。

商品陳列櫃的大鏡子裡，葵變成了她，向鏡外的自己伸出手。

路人一定覺得葵很奇怪，因為她不斷對著鏡子自言自語。

『葵，抱歉，得罪了。』

她的聲音在葵的腦中迴盪。

——咦？

『請妳陪我一下。』

——啊……

白皙柔軟的手摸到她的那一瞬間，葵很快失去了意識。

✦

同一天的日落時分——

優帶著吉祥物小月到電臺附近的坡道散步，突然想起陽一和他們說過的話。

「你們知道嗎？傍晚是白天和夜晚的交界，很容易遇到幽靈鬼怪，所以又稱作『逢魔時』……靈異體質的人要多加注意。」

見優面色難看，花美男竊笑一番後補充道。

「黃昏還有另一個別稱，叫做『誰彼時』。誰人的誰，彼此的彼，時間的時，因為天色昏暗，所以看不清楚彼此是誰……不過，對佳澄這種近視的人而言，應該二十四小時都是『誰彼時』吧。」

「你很過分。」

佳澄紅著臉抗議。

「……咦？」

一個高挑女性迎著夕陽爬上坡來。有那麼一瞬間，優以為那是前輩葵姐。

不過，男子氣概的葵總是穿著一身褲式套裝，怎麼可能會穿碎花洋裝？自己果然看錯了，真不愧是「誰彼時」。

正當優暗自為自己認錯人而害羞時，那位女性突然向他打招呼。

「你好。」

「啊……妳好……」被不認識的正妹搭話，優感到有些莫名其妙。

她蹲下撫摸小月的背，小月舒服得當場打滾。

「這隻狗狗是小月嗎？」

「呃，對，沒錯……」

女性露出一抹微笑。

「不好意思，你應該是《午夜☆廣播站》的主持人鴨川優吧？」

「是，我是。」

隨著節目開播三個月，優也越來越常被聽眾認出來。說實在話優很高興，雖說他在節目上經常回應聽眾來信，但在現實中被認出來別有一番滋味。

「我果然沒認錯。我是你的粉絲，你的聲音真好聽，雖說你的說話方式有些壓抑，但我能感受到你的堅強實力。」

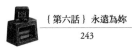

優簡直要樂瘋了，這是他第一次碰到自己的粉絲。

「哇……聽妳這麼說，我真的很高興。」

「看你這麼高興，我才高興呢。」

她的睫毛纖長，眼睛笑起來像彎彎的月亮。

——這個人笑得好幸福喔。

優不禁看得入神。

她邊摸小月的肚子邊說：「我有聽小月那一集喔。牠真的綁著紅色領巾耶。真可愛……這種狗叫做黃金獵犬是嗎？」

「咦，妳沒看過這種狗嗎？」

優簡直不敢置信。黃金獵犬是很常見的犬種，就連對動物不熟的優也知道。

「我是第一次見到，也是第一次摸到真正的黃金獵犬。」

「真的啊……也是啦，一種米養百樣人嘛。」

世情百態，什麼幽靈導播啦、拿掉眼鏡變身超級正妹的短髮鮑伯妹啦……優早就見怪不怪了。如果因為這點小事就被嚇到，優還能在電臺混嗎？

「小月的毛看起來軟綿綿的，但摸起來還滿硬的耶。」

「大家都這麼說……對了，我們在網路上建立了『小月部落格』，有空妳可以去逛逛。」

「網路？」

「網際網路。」

「啊，我聽過。印象中是一種電腦對吧？」

「咦？呃，算是吧……」

——她不知道網路？

這實在太驚人了。現在社會沒有網路基本上是不能生活的。她到底過著什麼樣的日子啊？

「對了，鴨川ＤＪ，我有事想請教你……」

女性抬頭看著鴨川，閃亮亮的眼神讓優有些招架不住。畢竟這是優第一次遇見粉絲，而且還是個大美人。

「什麼事？」

「你在節目中不是介紹過『狗語翻譯機』嗎？好神奇喔，真的有那種東西嗎？」

「喔，那個啊。」

優裝模作樣地點點頭。

「雖然感覺很假，但我們沒有說謊，真的有狗語翻譯機。」

「好厲害喔！」

看到女人崇拜的眼神，優不禁感到有些愧疚。因為狗語翻譯程式不是他寫的，而是陽一。

「那是我們節目導播做出來的……不過之後就故障了，到現在都還沒修好。」

「這樣啊，真可惜！我也想試用看看呢……」

就連陽一本人都不知道故障的原因是什麼，修理陷入難局。但說得準確一點，應該是「不知道當時為何能翻譯得那麼順利」。據陽一表示，「真正需要它的時候，大概就會自己好了吧」。總而言之，這個詭異的程式到底如何運作，至今仍是個謎。

「優，你通常都是這個時間出來遛狗嗎？」

沒想到正妹粉絲竟親暱直呼自己的名字，讓優有些難為情。

「對。我通常是晚上八點上班，所以傍晚很閒。」

「原來如此，因為等等要上班，所以你才穿襯衫打領帶。」

「是啊。」

女性莞爾一笑。優則有些擔心自己有沒有汗臭味。

「不過，你一個單身男子，自己養狗很辛苦吧。」
「不，小月是臺長的狗。」
「臺長？」
「電臺臺長。我幫他遛小月的話，他就會給我一罐咖啡當酬勞。」
「哇！好棒的公司喔。」
她捂嘴而笑。
「是啊，不過怪咖很多。」
優也笑了。笑著笑著他不禁感嘆，自己已完全融入廣播部了。
優的話似乎戳中女性的笑點，她捧腹大笑。
「咦？不過……」
穿著碎花洋裝的女性擦去眼角的眼淚。
「我記得他以前不喜歡動物耶。」
「他？妳認識我們臺長啊？」
「是啊，我們是老朋友，我從他小時候就認識他了。」
——她是在開玩笑嗎？
這女的怎麼看也不滿三十歲，臺長都快五十歲了，她怎麼可能從小就認識他。

——咦？

一股不可思議的熟悉感油然而生。

——之前好像也跟誰有過這樣的對話……

——是誰？

「我啊，」她打斷了優的思緒，「要去會會那個好久不見的蓮池洋二郎。」

剛才的對話中，優並未提到臺長的名字。

「妳知道他的全名，也就是說，妳真的認識臺長啊？」

「討厭，當然是真的。」

她鼓起白皙的臉頰抗議。

「我才不會說謊呢。」

「真不好意思，失禮了。」

優坦率地低頭道歉。看來她真的是臺長的「老朋友」。

「但其實……我還有一個更想見的人。」

這句話她說得非常小聲，沒讓優聽見。

「咦？妳說什麼？」

「不，沒什麼。」

她微微一笑。

「我要去電臺，不過我太久沒來了，都忘了要在哪裡轉彎才能到電臺了……」

「是喔。」

優點點頭。據說這附近做過道路拓寬的工程，當時為了保護景觀沒有更動舊路，所以路變得有點複雜。這是優以前搭計程車時，從一個圓臉司機那聽來的。

「我幫妳帶路吧，我正好要回電臺。」

「謝謝你！」

美女雙手合十道謝讓優有些不知所措。他回頭看著上坡，夕陽正西沉，紅光相當刺眼。

「沿著行道樹走，會看到一個『停』的指示牌。看到指示牌右轉，窄石坡道頂端就是電臺了。」

「啊，從這邊看得到電臺的三角形屋頂……」

她舉起白皙修長的手臂，指向坡道盡頭。

「沒錯，就是那棟洋房！」

優用手遮住夕陽。

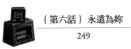

「很久以前，我曾在夏末來過一次，那時常春藤都長到屋頂了呢……真令人懷念啊。」

「真的假的。」

看著逆光的洋房，優感到非常驚訝。現在洋房外也爬滿了常春藤，但僅止於二樓。沒想到那最高竟然能爬到三樓，植物的生命力真是不可小覷。

「常春藤、紅磚瓦……這裡其實很像甲子園球場的入口處。」

「甲子園啊……」

優腦中浮現出無緣的甲子園球場，接著又想起那個不愉快的回憶，但心已經不像以前那麼痛了。

——這都要謝謝澤田。

優很感謝這位已離世的死黨。

如今他立志要當上體育主播，每天都在練習轉播比賽。

「下次去甲子園看看吧。」優心想。

雖然我的目標已經和高中時不一樣了。

也不知道能否像那時一樣專心一志、全心投入……

但如今優只能繼續前進，他可不想在澤田以及日日奮發向上的佳澄面前丟臉。

「沒問題的，優你一定做得到。」

「咦？」

優轉頭看向高䠷美女的方向，頓時目瞪口呆。

「奇、奇怪?!」

「幹嘛？」

站在那裡的，是葵！

「你幹嘛一臉驚訝地看著我？是我太美了嗎？你終於知道我有多美了。」

「不、不是啦，我剛才在跟一個美女粉絲聊天……奇怪？」

左看右看，就是不見剛才那位楚楚可憐的碎花洋裝美女。眼前的葵穿著一身黑色套裝，而且當然不是裙裝，是褲裝。雖說現在正逢「誰彼時」，但這兩個人無論外表還是說話方式都截然不同，優絕不可能認錯。

「真是的，你又睡昏頭啦？這裡的美女就只有我一個。我先走囉。」

葵頭也不回地爬上坡道，留下一臉茫然的優。雖然不知道原因，但葵似乎在生氣。她的個性喜怒分明，情緒好壞全寫在臉上。

「咦？葵姐妳不是已經下班了嗎？」

「我東西忘了拿！」

「東西？」

「對！哎唷好煩喔，難得可以準時下班的說。」

「妳忘了什麼東西？」

「怪就怪在這裡，我想不起來自己忘了什麼……」

葵停下腳步，歪著頭回答道：

「下山後，突然想起自己好像有什麼事沒做完，不知道為什麼就是有這種感覺。匆匆忙忙回到公司，卻又想不起來自己到底忘了什麼。」

葵脫下外套掛在左肩上。

「煩死了，梅雨季還沒過就這麼熱。」

葵的行為舉止一如往常不拘小節。

但優總覺得今天的葵有些奇怪。

想起自己忘了東西，卻又想不起來是忘了什麼東西？世界上竟然有這種事？

還有剛才的美女又是怎麼回事？

優站在原地呆望葵離去的背影。小月在優的腳邊猛搖尾巴，紅色領巾不知何時變成了碎花模樣，而優完全沒注意到。

優回到電臺，將小月交接給佳澄照顧。

「妳的食慾好好喔。」

看著小月吃狗罐頭的模樣，佳澄瞪大了眼睛。

在門口瓦斯燈的照耀下，小月將臉放進黃色狗碗中埋頭猛吃。那吃相簡直可用狼吞虎嚥來形容。

「小月，妳怎麼一副幾百年沒吃飯的樣子，有那麼好吃嗎？」

小月抬頭看向坐在一旁的佳澄，用鼻子哼了幾聲，繼續埋頭猛吃。

「可惜啊！」

佳澄彈指。她今天穿著黑色吊帶褲，裡頭配了件淺灰色襯衫。

「小月剛才一定是說『好吃』。可惜狗語翻譯機又壞了，否則真想再聽一次小月在講什麼。啊，是看啦，不是聽……」

金屬摩擦聲響起，厚重木門應聲而開。幾個製作課和編輯業務課的女職員跟著葵走出來。

「佳澄，辛苦了。」

「小月，掰掰。」

女職員紛紛向佳澄和小月打招呼，準備下班回家。

「葵姐，辛苦了！想到忘記什麼事了嗎？啊，大家再見，辛苦了。」

佳澄起身，以九十度鞠躬送職員出門。

「……太好了！」

佳澄握拳呢喃道。

「我終於能看著葵姐的眼睛說話了……」

事實上，佳澄因為視力奇差，頂多只能說是「看著眼睛方向說話」。但對於這個「超級」內向的女孩來說，這已是很大的進步了。

「嗚。」

吃完飯的小月抬起頭來，再次發出鼻音。

「小月，妳該不會還要吃吧？」

小月搖了搖毛茸茸的尾巴。

「妳平常沒吃那麼多的啊……妳今天好奇怪喔，與之前根本判若兩人，啊不對，是判若兩狗。算了，喜歡吃飯是好事，話說回來……」

佳澄摸著小月的領巾說：「妳是什麼時候換領巾的？是女生的花樣，很漂亮呢。等一下給妳吃狗飼料好了。」

小月「汪！」了一聲。

「等我一下唷。」

佳澄抱著狗飼料回來時，小月乖乖坐在門口，用腳將狗碗向前推。

「妳、妳好聰明喔。」

佳澄露出一臉震驚。看來小月就算沒有狗語翻譯機也能和人溝通。看著小月喀啦喀啦地吃得津津有味的樣子，女孩嘆了一口氣。

「……我也好想像妳一樣直率喔……」

她再度坐到小月身邊。

「最近跟優哥一起主持的時候啊，我常常覺得心裡痛痛的。之前明明不會這樣。而且……只要看到優哥跟葵姐說話的時候，我就會心情不好。我明明那麼喜歡葵姐的說。最近的我變得好不像我喔……小月，妳覺得呢？」

仰望天空，天色已沉，只有西方微微泛紅。星星應該已經出來了吧？但大近視佳澄根本看不見。

「其實我自己也知道。」

佳澄將臉埋進膝蓋。

「……像我這種人，喜歡男生根本不會有結果……」

她的眼眶微濕。

「跟一般女孩比起來，我有點……不，是非常怪。」
佳澄摸著小月金色的背毛，任憑眼淚一顆顆滴落。
「我不擅長跟人說話。」
「雖然當上ＤＪ後情況改善很多，嗯……可是我還是會怕人……」
「其實我很怕寂寞，很需要人陪，也很需要和人說話……但是，我害怕。」
「每次只要人家跟我說話，又或是看著我，我就會冷汗直流、呼吸困難，心臟撲通撲通狂跳。」
黃金獵犬依然埋頭猛吃。
「我有時候能知道別人在想什麼。不是因為我會通靈……我想，大概是因為我太膽小。」
「但我第一次見到陽哥時，並不覺得害怕。」
「不知道為什麼，我一眼就看出他不是一般人。他心中藏著深深的悲傷……那讓他痛不欲生，他背負著我無法想像的哀愁……因此我想，他一定是心地很好的人。」
「但我沒想到他竟然是鬼。」
「不過，陽哥就是陽哥，無論他是生是死，他在我心中的地位都不會變。」

佳澄整了整小月領巾上的縐摺後，心想——

沒錯，可怕的不是鬼。

而是人。

人很可怕，而更可怕的是被人傷害。

「優哥和陽哥不一樣，他擁有一顆少年般易碎的心，一定經常偷哭，我想知道是什麼讓他如此痛苦。」

「第一次有人讓我產生這樣的想法……所以我才覺得，我也許能和這個人一起主持節目。」

以前，我雖然很寂寞……但因為了解人心、太過敏感，所以刻意離群而居。

然而現在，我卻想了解他、接近他，這讓我感到好痛苦……

「優哥對我真的很好，但這種好跟他對小月的好是一樣的。正因為他沒有把我當女孩子看，所以才會對我這麼好。」

「雖然對我而言，這樣的相處模式比較輕鬆自在。」

「最近的我是不是太貪心了？」

佳澄抬頭望向星空，找尋看不見的星星。

往旁邊一看，小月已吃完狗食，低頭近距離盯著佳澄看。因為佳澄非常小隻，坐在地上比黃金獵犬還矮。

「咦？」

佳澄用手撐著小月的大頭，盯著牠的眼睛。

「妳不是小月，對吧？」

佳澄從包包中拿出眼鏡戴上，上下打量小月的臉。

「難怪我就覺得怪怪的，妳果然不是小月。是附身嗎？妳是人類的鬼嗎？可別小看我的直覺喔。沒想到狗也會被附身呢，妳到底是誰……啊呀！」

話還沒說完，黃金獵犬滿臉笑容舔上佳澄的臉頰。

「不不不，妳可別想混過去喔，這招對我不管用。」

環住大狗的脖子，佳澄發現牠身上有陽光的香氣。

「……嗯……」

她看著小月的雙眼，把牠的臉毛向兩邊扯。

「……妳的真正身分是……」

「妳在做什麼？」

「呀！」

佳澄被後方突如其來的聲音嚇到跳起來。

「臺、臺長?!」

洋二郎從門口旁的小窗探出頭來。

「妳反應也太大了吧，我又不是鬼。」

臺長不懷好意地笑了。

「對、對不起！」

心臟又快要跳出來了。

「說吧，妳剛剛在幹嘛？」

「小、小月牠……」

「小月怎麼了？」

「咦？沒、沒事啦……我們在玩對彼此做鬼臉的遊戲……」

女孩有些語無倫次，伸手把小月的毛撓得亂七八糟。

「跟狗玩？妳有沒有搞錯啊？」

洋二郎露出苦笑，看著自己養的狗。

「小月，回家囉。」

洋二郎話才剛說完，黃金獵犬突然跳向窗口，狂舔主人臉頰。

「哇啊啊啊啊啊啊啊！」

洋二郎大吃一驚，本想縮回室內，臉卻被小月用前腳抓得緊緊的，動彈不得。

「哇！妳！喂！住手啊啊啊啊啊啊啊啊啊啊啊！」

洋二郎好不容易離開小窗，小月卻不肯放過他，奮力一跳，穿過小窗追向主人。

佳澄往裡頭一望，看見小月將巨漢洋二郎壓制在地板上，猛搖尾巴狂舔，從臉頰到脖子沒有一處放過。

「哇，超熱情的，小月，妳再怎麼喜歡妳的主人，這樣做也太過火了吧……」

女孩感到有些肉麻。

「咦？不過……」

佳澄驚覺不對。

「那不是小月，為什麼牠會……？」

「喂！佳澄！」

洋二郎朝佳澄大叫。

「妳還愣在那裡幹嘛？還不趕快來幫我！我怕狗啊！」

「好啦好啦。」

正當佳澄推開沉重的大門時，洋二郎胸口的手機響了，嚇得小月急忙跳開。

洋二郎單手將鬃毛般的長髮往上撥，偷瞄小月一眼，深深嘆了口氣後接起電話。

「喂，我是蓮池。什麼？」

空氣瞬間凝結。

看著洋二郎凝重的表情，佳澄突然感到氣氛一沉。

——臺長怎麼了？

「好……好。傍晚突然惡化是吧……了解，我馬上趕過去。」

洋二郎滑螢幕掛上電話，隨後和女孩說：「佳澄，抱歉，我有急事要出去一趟。小月今晚住在電臺，妳幫我把牠交給警衛大哥。」

「好……」

佳澄戰戰兢兢地回答。

「抱歉喔。」

洋二郎輕摸一下女孩的頭，便急忙往臺長室跑去。看來事態緊急，到底發生什麼事了？

「……臺長……」

佳澄憂心忡忡地低下頭，只見狗狗貼心地對她搖著尾巴。

「奇怪？」

小月的領巾不知道什麼時候變回了紅色，女孩急忙蹲下，與小月四目相接。

「……啊，附妳身的那個人走掉了……」

她一把環著小月的脖子。

「我本想跟她多聊一下呢……我總覺得她跟我的頻率很合，我們應該能當好朋友。不知道還見得到她嗎？小月，妳說呢？」

✦

二十五年前——

深夜，陽一一如往常在儲藏室整理黑膠唱片。當時還是新人的洋二郎走了進來，一見到哥哥，嚇得連手上的咖啡杯都砸了。

「喂，二郎，還好嗎？有沒有受傷？」

陽一用掃把掃掉碎片，用抹布將地板擦乾淨。期間洋二郎只是一臉茫然地站在旁邊，低頭看著陽一。

「怎麼了？打擊這麼大啊？你很喜歡這個咖啡杯是嗎？」

「哥……你真的是陽一哥？」
說這話時，洋二郎的牙齒不斷打顫。
陽一露出苦笑，抬頭看著魁梧的弟弟。
「你別一副見鬼的樣子嘛。是我，是我喔，在世上活了二十八年的蓮池陽一。自二郎出生的那天起，我就成了哥哥。」
「哥！」
洋二郎冷不防地將陽一擁入懷中。
「怎、怎麼了?!」
「哥！哥！哥！」
無視陽一莫名其妙的表情，洋二郎抱著哥哥的身體嚎啕大哭，哭得像個孩子。
哭完之後，洋二郎將事情原委說了一遍給陽一聽，包括陽一死於交通事故、新婚的弓子在醫院昏迷不醒，以及醫生說弓子甦醒機率非常低的事。
「對不起，我無法相信。」
陽一堅決表示。
「因為我就在這裡不是嗎？還和二郎你說話呢！如果這世界上真

的有鬼……我本身是不信啦，但如果真的有，怎麼可能這麼有存在感？二郎你老實告訴我，你為什麼要抱著我哭？如果這裡有傳助，我真想把那哭聲錄下來呢。」

「可是，哥……」

弟弟一臉愧疚地說。

「你的身體好冷。」

「什麼？」

「你的身體冷得像冰一樣。」

「你握握看我的手。」

陽一握住弟弟的大手。

「哥，如何？」

「什麼如何？」

「你的手摸起來好冰，我的手呢？」

沒有感覺。他能感受到弟弟手心的柔軟，但卻感受不到體溫，不冷也不熱。

「……我不知道，我感覺不出來你的手是冷是熱……」

陽一這才發現，自己的五感變得非常遲鈍。像身體外面套了層透明薄塑膠似的，連洋二郎的聲音、樣子都有些模糊。

——我到底怎麼了？

就連雙腳也有些站不穩。

「哥，你看那面鏡子。」

「咦？」

唱片儲藏室的牆壁上掛著一面老牌藝人寄贈的鏡子，上頭只映出洋二郎一個人。

「怎麼會這樣……」

陽一眨眨眼、揉揉眼睛，卻改變不了鏡子裡只有一個人的事實。他用雙手來回摸臉，試圖確認自己是否真的存在。

「哥。」

弟弟語氣平靜。

「說實在話，我也不知道你是人是鬼，但這很明顯超乎常理。畢竟……我是親自到火葬場送你走的。」

「……」

「但無論你是人也好，是鬼也罷，我都無所謂。」

高大的洋二郎含淚說道。

「我好高興能再次見到你、和你說話。」
「二郎……」
洋二郎扶住孱弱而左搖右晃的陽一。
「哥，總之先去醫院探望嫂嫂吧。你去醫院為她打氣，也許她就會好起來了。」
「……好。」
然而，陽一卻無法去醫院。
電臺周圍像有看不見的空氣牆壁一般，每當陽一試圖走出洋房，就會被立刻彈回來，根本無法踏出洋房一步。
只要太陽升起，陽一的身體就會變透明，直到半夜才會再度出現。
夜半現身，黎明消失；月出而現，日出而離……
日復一日，年復一年。
就連陽一也不知道自己到底度過了多少個夜晚。
某天。
洋二郎告訴陽一，護士說有些病人聽得到聲音，於是他便依照護士建議，在嫂嫂枕邊放了一台收音機。
那天半夜，陽一在空無一人的一號錄音室中喃喃自語。

「我終於弄明白了，為什麼我的靈魂會出現在電臺裡，為什麼我無法離開這裡，又為什麼我不能去探望弓子……我終於知道『真正的』原因了。」

為達到隔音效果，室內用的都是吸音建材，因此幾乎沒有迴音。

說著說著，陽一似乎獨自沉入了悠悠海底。

「雖然我已經死了，但我仍是廣播界的一份子。我想要製作有趣的節目。沒錯，我能做的，自始至終就只有這件事。」

陽一閉上眼睛。

像在品嘗感情一般編織話語。

「我要為病房裡的弓子做節目，直到她甦醒的那一天。只要能做到這一點，無論神佛也好，惡魔也罷，我願意交換一切條件，只求祢助我完成心願。」

話語化作祈願，祈願又化作藍光，包覆著陽一。

這道光擴散至白色的牆壁、木質地板，穿過樓梯，流向錄音室、唱片儲藏室，照亮了天花板內部、地下室深處，最後融入洋房的每個角落。

✦

在那之後過了二十五年——

時間來到今晚。

洋二郎匆忙跑進唱片儲藏室。

「二郎你怎麼啦？臉色怎麼那麼難看？大家看到臺長跑得這麼急會擔心的。」

陽一用爽朗的笑容迎接弟弟。

「醫院打來說，嫂嫂……傍晚病危。」

外表和年齡相符的弟弟跑得上氣不接下氣，為的就是要把這件事告訴永保年輕的哥哥。

「我知道。」

一邊將唱片收到架上，陽一老神在在地回答。

「什麼你知道，哥，你的反應就這樣？」

「不知道為什麼我就是知道。畢竟我們是夫妻嘛。」

相較於弟弟的傻眼，陽一倒是相當平靜。

「二郎，我不能離開電臺，也不能在弓子臨終之時握住她的手。我唯一能做的，就是為弓子做節目……難道不是嗎？」

「……」

洋二郎全身無力癱坐在鐵椅上。

「哥，你內心其實很痛苦吧？」

「不會啊。」

陽一笑著搖搖頭。

「我知道終究會有這麼一天，也一直在思考，若這一天真的來臨，到時候，我該怎麼辦，又能為她做些什麼？但無論我怎麼煩惱，最後事實證明，我還是只能繼續做廣播節目。為此我很感謝神明，也很感謝你。」

哥哥向弟弟投以微笑，笑咪咪的眼角有些許皺紋。那笑容是如此溫柔，像陽光般散發著包容力。

「好了，二郎，節目要開始了。我走囉。」

「哥，加油，那我去醫院囉。」

「謝謝。幫我跟弓子問好。」

陽一向洋二郎揮揮手，像平常一樣飄離儲藏室。

✦

「時間來到今天和明天的交界——午夜十二點。大家晚安，我是鴨川優。」

「我是山野佳澄。」

兩人齊聲說道：「歡迎收聽《午夜☆廣播站》！」

進主題音樂。星光閃耀的合成效果音響起，進入輕快的流行音樂。

「啊！」

「呀！」

電燈瞬間熄滅。

「哇，今天來得真快。」

「是呀……」

兩人抬頭一看，天花板已泛著悠悠藍光。

「收音機前的聽眾朋友，今天節目才一開始，室內的電燈就滅了……目前天花板已發出藍白色光芒。」

「靈界又有傳真進來了♪。」

「……佳澄，雖然說妳已經習慣了，但也不用露出一副樂陶陶的樣子吧。」

「優哥你才是咧，根本就不怕嘛。」

優被佳澄吐槽得哭笑不得。人類真的是適應力很強的生物，三個月前兩個人還被突如其來的停電嚇得屁滾尿流，現在想想那天簡直就像一場夢。

「呦！」

女孩一手接住飄下來的發光傳真。

「接得好！」

「我要唸囉！」

一片黑暗的錄音室中，傳真紙發出的淡光將佳澄的臉照得白亮。彷佛被深海夜光藻所照亮的精靈一般，奇幻而美麗。

控制室裡的陽一開始播放音樂。在蕭邦的鋼琴奏鳴曲的伴奏下，佳澄開始唸信。

「兩位主持人晚安。梅雨季節過後，夏天就正式來臨了。

我每天都準時收聽你們節目。

之前因為一些原因，我無法傳真進來……能像這樣在節目上與你們互動，對我而言如在夢中。

二十五年前，我遭遇了一場交通事故。

也因此失去摯愛的丈夫。

我獨自存活了下來……昏迷在病床上。一動也不能動，無法發出聲音，甚至無法睜開眼睛。但是，我聽得見聲音。

小叔在我枕邊放了一台收音機。這二十五年來，這台收音機就是我的全世界。所以，我可是廣播的忠實支持者喔。

近來我非常喜歡兩個節目，一是葵的午間節目，二是優和佳澄的深夜節目。

事實上，今天傍晚我陷入病危……因此獲得自由。當然，我的身體還留在病床上，但靈魂卻脫離肉體自由活動。我想，這就是所謂的靈魂出竅吧。

傍晚我去了市中心一趟。

這個世界看似與二十五年前截然不同，卻也沒有太大的改變

夕陽還是和以前一樣耀眼。踏著夕色，我決定去電臺一趟，參觀電臺節目的現場直播。

在許多人的幫助下，我順利到達電臺門口。然而，病床上的肉體似

乎已到了極限，於是我便毅然決然離開電臺，回到醫院。

因為，在這人生的最後一刻，我希望能待在肉體裡，靜靜地聽著廣播迎接死亡。

現在的我躺在病床上，和往常一樣，一動也不能動。但是，我很珍惜這副肉體。

許多至親老友接到病危通知，紛紛趕到醫院，圍在病床旁陪伴我。其中也包括送我收音機的小叔，以及丈夫的老同事。

我想要藉這個機會，向他們說聲謝謝。

謝謝你們為了我聚在這裡，多年來讓你們為我痛苦難過，真的非常抱歉。

但是，有你們的愛，我非常幸福。

真的很感謝你們。

現在病房內正在聽收音機，他們聽到這封信的內容一定會大吃一驚。一想到大家驚訝的神情，就讓我雀躍不已。

奇蹟發生了。

沒錯，這就是奇蹟。

我想，收音機前的聽眾朋友中，一定也有身陷痛苦、感到絕望，甚至不再戀世的人。

我要告訴你們，奇蹟真的會發生。

相信我。

因為就連我也碰到了奇蹟。

所以，請加油，千萬別認輸。

最後，優、佳澄，謝謝你們帶來這麼棒的節目。你們一定會幸福的。

還有，陽一，這二十五年來真的很謝謝你。

我們終於能見面了。

弓子」

——傍晚來過電臺？

——「陽一」？

優和佳澄先是對看一眼，再同時看向控制室。

黑暗之中，兩人看不見陽一的表情。

『進音樂。』

在陽一簡短的指示下，佳澄急忙開始介紹新專輯的歌曲。今天介紹的是優很喜歡的歌手，所以佳澄事前特別預習過，因此，即使室內一片黑暗，看不見筆記，佳澄仍能講出所以然來。

「……為您帶來這首歌曲。」

錄音室傳出女主唱的R&B歌聲。剛才的傳真尚未消失，在佳澄手邊散發淡淡藍光。

陽一開門進入錄音室。

「好了，還有四分四十五秒，有什麼要問的儘管問。」

說時遲，那時快——

桌上的傳真紙突然被一團銀白色的光芒包住，飛上半空中，白光四散成霧狀，降下形成人形。

「妳是……？」

優心想：「果然沒錯」。

果真是「她」，傍晚在坡道遇見的高䠷美女。

佳澄也隨即發現，這個人和附身小月的神秘訪客頻率相同。

「晚安，我是蓮池弓子，謝謝你們剛才唸我的信。」

她穿著傍晚時的碎花洋裝，身上散發出銀白色的耀眼光芒。

「優，佳澄，謝謝你們幫了我先生這麼多忙。」

優和佳澄深深一鞠躬後看向陽一。

「陽陽，好久不見，這麼一來我跟你一樣都是鬼了。」

「嗨，弓子，我好想妳。」

「我也是。」

雖說他們二十五年沒見了，互動卻彷彿只有一週沒見似的簡單。透過他倆臉上的微笑，優和佳澄明白這兩人彼此心靈相通。

「陽陽，我聽了好多你的節目喔。謝謝你豐富了我的住院生活。」

「太好了，被妳誇獎我好開心喔。因為妳從以前開始就是最難搞的聽眾。」

「因為陽陽你實力堅強啊，標準當然要高一點。」

「呦，這還是第一次聽妳這麼說呢。」

「這麼久不見，總得犒賞你一下嘛。」

兩人開心得你一言我一語的。在妻子光芒的照耀下，陽一的臉龐出現前所未有的快樂笑容。

——真是至死不渝的愛情啊。

為什麼陽一死後仍要繼續當導播，為什麼如春陽般開朗的他會背負著黑暗的陰影——知道其中原委後，優和佳澄不禁愕然。

這二十五年來，陽一之所以會不眠不休地做節目，一切都是為了昏迷在病床上的弓子。這段期間他的靈魂被困在電臺裡，甚至無法見妻子一面。

一想到這段日子陽一和弓子是怎麼熬過來的，就讓人悲傷不已，憐憫至極。

──今後你們要一起過著幸福快樂的日子喔。

優和佳澄在心中祈禱，誠心到連不斷湧出的淚水都忘了擦。

｛Epilogue｝

終章

「好了，弓子，時間到了。」
陽一露出開朗的笑容。
「是啊。」
妻子也笑顏回應道。
「真是抱歉。」
「沒關係。工作嘛，沒辦法。」
美女身上散發著銀白色的光芒，逐漸向空中飄去。
「陽陽，再見，工作加油喔。」
「弓子，謝謝妳，掰掰。」
陽一朝氣蓬勃地向緩緩上升的愛妻揮手。
「什麼?!」
優和佳澄異口同聲。
「你們兩個幹嘛？」
美男飄一臉茫然。
「什麼幹嘛？你也拜託一下，陽一哥。」
「為什麼？陽哥！」
面對兩人充滿疑問的吼叫，陽一歪頭感到不解。

「什麼為什麼？因為這首歌再唱一段就要結束了，還要準備下個單元啊。」

「這不是重點吧！」

優猛搖手。

「陽一哥，為了昏迷的弓子小姐，你不是已經做了四分之一世紀的節目了嗎？」

「嗯，是啊。」

「你們今晚好不容易重逢了，不是嗎？」

「是啊。」

「這不是最棒的快樂結局嗎！」

「是啊，沒有比這更高興的事了。這都要謝謝你們。」

陽一滿面笑容地點頭。

弓子也在空中微笑。

「竟然如此，你們怎麼這麼隨便就說掰掰了?!」

坐在桌子對面的佳澄也感到忿忿不平，雙手握拳，點頭如搗蒜。

「可是……」

陽一歪著頭，一臉傷腦筋的表情。

「弓子要上天堂了。」

「什麼?!」

優和佳澄再次放聲大叫。

「你說什麼?」

佳澄激動到從椅子上站起來。

「那陽哥你就跟她一起上天堂不就好了?」

「就是說嘛!」

優在一旁幫腔,卻被陽一「那可不行」一句話否定了。

「我還有事情沒做完,所以必須留下來。」

「……?!」

見佳澄啞口無言,優急忙問道:

「什麼事情沒做完?」

「嗯,優你說得沒錯,這些年來我做節目確實是為了弓子。但這只是其中一個原因。」

「咦?」

「弓子不是我唯一的聽眾。我怎麼能將電波公器私用?這種事我做不到,也不能去做。再加上,《午夜☆廣播站》是我們三個共同創立的節目。在節目上軌道、你們能夠獨當一面之前，我絕對不會中途脫隊的。這是我身為導播的責任。不，不對，正確的說法應該是……」

陽一食指指著額頭，思考了一番。

「？」

「這麼有趣的節目，我才不會中途脫隊咧。因為我……」

陽一露出調皮的微笑。

「生為廣播人，死為廣播魂！」

空中的弓子也跟著捂嘴笑了。

「我愛死這份工作了，啊，不對，是死了也很愛這份工作。」

✦

隔天晚上——午夜十二點前。

隔音玻璃的另一頭，陽一一如往常做出預備手勢。

優和佳澄對看一眼，開口道：

「時間來到今天和明天的交界——午夜十二點。大家晚安，我是鴨川優。」

「我是山野佳澄。」

兩人齊聲說道：「歡迎收聽《午夜☆廣播站》！」

進主題音樂。星光閃耀的合成效果音響起，進入輕快的流行音樂。

夜，還長著呢。

後記

大家好，我是村山仁志。

大約五年前，我以「三井雷太」這個筆名，在學研出了奇幻武打小說《Paradise Lost》。基本上今後我都會用本名寫小說。

我的本業和優、葵一樣，是「廣播電視臺」，也就是「電視臺兼營廣播電臺」的播報員。本書中的登場人物和故事情節純屬虛構。說來還真落寞，我們臺內沒有王子般的美男飄，也沒有柔情似水的美女飄。

早晨或深夜坐在電臺麥克風前時，我常有一種奇妙的感覺——自己的聲音似乎能透過寂靜的大氣，如流星劃破夜空，傳遞至世界的每一個角落。

這本作品的靈感就是在這些寧靜的時段產生的，但也可以說不是（到底是怎樣）。總之，就是一本職場奇幻小說。

書中關於錄音室、播送器材、實況轉播的練習方法等描述，基本上都是依據我自身的經驗寫成的。「基本上」啦，而且這又是個「虛構故事」（買保險中），若有錯誤，還請各位（特別是媒體相關人士）多多

海涵……

本書收錄的〈月夜之夢〉、〈光之長笛〉兩篇作品，部分節錄自我以前寫的舞臺朗讀劇。分別是二〇〇五年十二月十八日上演的《ＮＢＣ播報員談話活動第四集：播報大作戰》，和二〇〇四年十一月七日上演的同劇第三集。

這些令我愛不釋手的劇本和小說屬於不同領域，我很慶幸能將之再度運用在小說中。為此我要特別感謝兩個人，一是前述談話活動的戰友林田繁和，二是製作人塚田惠子，在他們兩位播報員的熱心協助下，這些作品才得以誕生。

本作初稿約於兩年前（二〇一二年）的三月完成。當時我告別主持多年的廣播節目，四月開始改主持晨間綜合電視節目。兩年後，當我再度回到廣播崗位上時，這本書就出版了。想必一切都是命運安排吧。我彷彿看到陽一微笑著對我說：「仁志，你也差不多該回來跟我一起做廣播了吧，我等你很久了。」

因為各種原因（汗），我的出道作到這本作品之間隔了很長一段時間。在出版尚未定案的情況下，我既不能放棄忙碌的本業（這是真的），又得持續寫小說，一路走來，過程有如徒手開山般艱苦。

不過，我很高興自己堅持了過來。

最後，我要感謝一路上支持我、鼓勵我的朋友——特別是本書第一位讀者，小說家村山早紀小姐（我姐……汗）、友人宮田雄吾先生、幫我核對播送機器描述的ＮＢＣ同梯田中宏幸先生、ＮＢＣ董事長上田良樹先生、在背後默默支持我的公司同仁、ＰＨＰ文藝文庫的橫田充信先生，以及現正閱讀本書的各位讀者——真的很謝謝你們。

那麼，我們下部作品見！

村山仁志

國家圖書館出版品預行編目資料

深夜 12 點的電臺奇蹟／村山仁志著；劉愛夌譯 .--
初版 . -- 臺北市：皇冠，2016.05
面；公分 .--(皇冠叢書；第 4544 種)(mild; 1)
譯自：午前 0 時のラジオ局
ISBN 978-957-33-3229-9(平裝)

861.57　　105005454

皇冠叢書第4544種
mild 1

深夜12點的電臺奇蹟

午前0時のラジオ局

作　　者—村山仁志
譯　　者—劉愛夌
發 行 人—平雲
出版發行—皇冠文化出版有限公司
台北市敦化北路 120 巷 50 號
電話◎ 02-27168888
郵撥帳號◎ 15261516 號
皇冠出版社（香港）有限公司
香港上環文咸東街 50 號寶恒商業中心
23 樓 2301-3 室
電話◎ 2529-1778　傳真◎ 2527-0904
總 編 輯—龔橞甄
責任主編—許婷婷
責任編輯—蔡承歡
美術設計—王瓊瑤
著作完成日期— 2014 年
初版一刷日期— 2016 年 05 月

法律顧問—王惠光律師

讀者服務傳真專線◎ 02-27150507
電腦編號◎ 562001
ISBN ◎ 978-957-33-3229-9
Printed in Taiwan
本書定價◎新台幣 280 元 / 港幣 93 元